国家出版基金项目
NATIONAL PUBLICATION FOUNDATION

安徽省圖書館藏桐城派作家稿本鈔本叢刊

方苞卷

安徽省圖書館 編

北京师范大学出版集团
BEIJING NORMAL UNIVERSITY PUBLISHING GROUP
安徽大学出版社

圖書在版編目(CIP)數據

安徽省圖書館藏桐城派作家稿本鈔本叢刊. 方苞卷/安徽省圖書館編. —合肥：安徽大學出版社，2020. 12

ISBN 978-7-5664-2180-7

Ⅰ. ①安… Ⅱ. ①安… Ⅲ. ①中國文學—古典文學—作品綜合集—清代 Ⅳ. ①I214. 91

中國版本圖書館 CIP 數據核字(2020)第 267832 號

安徽省圖書館藏桐城派作家稿本鈔本叢刊·方苞卷

ANHUISHENG TUSHUGUAN CANG TONGCHENGPAI ZUOJIA GAOBEN CHAOBEN CONGKAN FANGBAO JUAN

安徽省圖書館　編

出版發行：北京師範大學出版集團
安徽大學出版社
(安徽省合肥市肥西路 3 號 郵編 230039)
www. bnupg. com. cn
www. ahupress. com. cn

印　　刷：安徽新華印刷股份有限公司
經　　銷：全國新華書店
開　　本：184mm×260mm
印　　張：24
字　　數：104 千字
版　　次：2020 年 12 月第 1 版
印　　次：2020 年 12 月第 1 次印刷
定　　價：380.00 圓
ISBN 978-7-5664-2180-7

總　策　劃：陳　來　齊宏亮　李　君
執行策劃編輯：汪　君
責任編輯：汪　君　李　君
責任校對：李　健
裝幀設計：李　軍　孟獻輝
美術編輯：李　軍
責任印製：陳　如　孟獻輝

《安徽省圖書館藏桐城派作家稿本鈔本叢刊》

編纂委員會

序言

關愛和

桐城歷史悠久，人傑地靈。立功有張英、張廷玉父子，位極人臣；立言則有方苞、劉大櫆、姚鼐，號令文壇。桐城之名，遂大享於天下。

方苞於一六九一年入京師，以文謁理學名臣李光地，與人論行身祈向，有『學行繼程朱之後，文章介韓歐之間』之語；一七〇六年成進士；一七一一年因《南山集》案入獄，後以能古文而獲救，入值南書房，官至禮部侍郎；一七三三年編《古文約選》，爲選於成均的八旗弟子作爲學文範本；後兩年，又編《四書文選》，詔令頒布天下，以爲舉業準的。方苞論古文寫作，有『義法説』。義者言有物，法者言有序。其爲文之理，旁通於制藝之文，因此影響廣大。姚鼐於一七六三年成進士，一七七三年入《四庫全書》館，兩年後因館中大老，皆以考博爲事，憤而離開，在南京等地教授古文四十餘年，其弟子劉開稱姚鼐『存一綫於紛紜之中』。姚鼐到揚州梅花書院的第二年，作《劉海峰先生八十壽序》，編織了劉大櫆學之於方苞，姚鼐學之於劉大櫆的古文師承關係，引友人『天下文章，其出於桐城』的贊語，使得『桐城派』呼之欲出。一七七九年，姚鼐編《古文辭類纂》，以『神理氣味格律聲色』論文。編選古文選本，唐宋八家後，明僅録歸有光，清録方苞、劉大櫆，爲桐城派張目。姚鼐之後，遂有桐城派之名。

桐城派自姚鼐後規模漸成，名聲噪起。桐城派作爲一個散文流派，綿延二百餘年。其自身的發展大致經歷了初創、承守、中興、復歸四個時期。康、雍、乾年間，是桐城派的初創期。桐城派三祖——方苞以義法説，劉大櫆以神氣説，姚鼐以陽剛陰柔、神理氣味格律聲色説，奠定了桐城派散文理論的基礎；方、劉、姚又以其言簡有序、清淡樸素的散文創作名噪文壇，贏得『天下文章，其在桐城乎』的贊譽。嘉、道年間，是桐城派的承守期。姚鼐晚年，講學於江南各地，門生弟子廣布海内，桐城之學，掩映一時文壇。其中著名者如梅曾亮、管同、劉開、方東樹、姚瑩等人，承繼師説，標榜聲氣，守望門户，各擅其勝。咸、同年間，是桐城派的中興期。曾國藩私淑姚鼐，雅好古文，於戎馬倥偬之中，尋求經濟、義理、考據、辭章的重新組合，試圖以博深雄奇、氣象光明之方藥救桐城派文規模狹小、文氣拘謹之病，并以『早具行遠之堅車』矚望於門生弟子，别創湘鄉派。光、宣年間，是桐城派的復歸期。曾氏四弟子中，惟吴汝綸爲桐城人。吴氏於甲午之後，重提方、姚傳統，抑閎肆而張醇厚，黜雄奇而求雅潔，倡導恢復以氣清、體潔、語雅爲特色的桐城派文，并得到了馬其昶、姚永樸、姚永概等桐城籍作家的積極響應，桐城之學，再顯一時之盛。

安徽省圖書館一九一三年始建於安慶，與桐城派在同一地發祥并成長。安徽省圖書館在一百多年的發展歷史中，以珍貴古籍文獻收藏豐富，特别是本省古籍文獻收藏豐富而爲學術界所矚目。此次安徽省圖書館將館藏桐城派作家稿本、鈔本，以叢刊方式，編輯出版，一定會大有惠澤於學林。我們期望海内外桐城派研究者能早日共享出版成果。

前　言

隨著對優秀傳統文化價值的重新認識，近年來，對在我國有極大影響的桐城派的研究也不斷升温。桐城派作家文集的整理出版，爲研究者提供了方便，推動著相關研究的展開。如由嚴雲綬、施立業、江小角主編，被列入國家清史纂修工程的《桐城派名家文集》，收入姚範等十七位作家的詩文集和戴名世等十一位作家的文章選集，總計十五册，一千多萬字。此書的出版有助於改變以往桐城派研究資料零散不足的狀況，也爲學術界開展清代文學史、文化史、思想史、教育史、政治史、社會史等研究工作提供了寶貴資料。

在充分肯定新世紀以來桐城派作家文集整理出版與研究取得豐碩成果的同時，我們不難發現，當前桐城派作家文集整理與研究的工作，與學界的要求和期盼還不相適應，仍然有拓展與提升的空間。桐城派是一個擁有一千多人的精英創作集團，即使如方苞、劉大櫆、姚鼐這樣的大家，仍有不少基礎文獻資料尚待發掘，一些有影響、有建樹的作家，更是鮮爲人知。可以説，基礎文獻整理出版工作的滯後，會影響和制約桐城派研究的進一步發展。

爲了滿足學界對於桐城派資料建設的需要，在人力、物力有限，又想最大限度地保留原書的真實面貌的情況下，我們推出了《安徽省圖書館藏桐城派作家稿本鈔本叢刊》（以下簡稱《叢刊》）。

安徽省圖書館一直十分重視桐城派作家稿本、鈔本的收集，積累了大量的原始文獻。《叢刊》所收集的對象，有方苞、劉大櫆、姚範、姚鼐、光聰諧、姚瑩、戴鈞衡、方守彝、方宗誠、吴汝綸、姚濬昌、馬其昶、姚永楷、姚永樸、姚永概等。桐城派的重要作家幾乎都包括在内。《叢刊》并非泛濫收録，良莠不辨，而是頗爲看重文獻本身的價值，可以説『價值』和『稀見』是本《叢刊》收録文獻的兩大原則。

安徽省圖書館此次將珍貴的稿本、鈔本資料公之於衆，順應了習近平總書記讓『書寫在古籍裡的文字都活起來』的號召，滿足了讀者的閱讀需求。《叢刊》的出版，既有利於古籍的保護，也有利於古籍的傳播，希望對推動桐城派研究有所裨益。

編　者

二〇二〇年三月

凡例

一、《叢刊》采取『以人系書』的原則，每位桐城派作家的作品一般單獨成卷，因入選作品數量太少不足成卷者，則以數人合并成卷。共收稿本、鈔本三十六種，分爲九卷二十五册。

二、《叢刊》遵循稀見原則，一般僅收録此前未經整理出版的稿本和鈔本。

三、《叢刊》大體按照作家生年先後爲序，卷内各書則依成稿時間爲序，或因作品性質而略有調整。

四、各卷卷首有作家簡介，每種作品前有該書簡介。

五、《叢刊》均照底本影印，遇有圖像殘缺、模糊、扭曲等情形亦不作任何修飾。

六、底本中空白葉不拍；超版心葉先縮印，再截半後放大分别影印放置；某些底本内夾有飛簽，則先拍攝夾葉原貌，然後將飛簽掀起拍攝被遮蓋處。

目録

方苞

望溪先生存稿

方苞

簡介

方苞（一六六八—一七四九），字靈皋，號望溪，安徽桐城人。康熙三十八年（一六九九）舉人，康熙四十五年（一七〇六），會試中式，因母病而歸，未參加殿試。康熙五十年（一七一一），因戴名世《南山集》案入獄，後免罪，入直南書房、蒙養齋，歷官武英殿修書總裁、内閣學士兼禮部侍郎。方苞爲桐城派開山祖師，爲文謹守義法。

望溪先生存稿

不分卷

望溪先生存稿

《望溪先生存稿》不分卷，清鈔本。四册。半葉九行，行二十八字，無框格，開本高三十點六厘米，寬二十點五厘米。

是書首葉正面題『望溪先生存稿，癸酉夏季龍眠馬起升題』，背葉有方元衡題識，曰：『是編得文若干首，衡十六世祖望溪公所手録者也。迄今傳五世，幾閲兵燹而原本尚存。惜年代既久，字迹模糊，謹訪諸鄉先生有熟讀是稿者，校對一次，鈔成待梓，以無失先祖之遺爾。』款識爲『癸酉秋七月上浣廿一世孫元衡謹誌』。正文前有張廷樞、李成若、龔綏序各一。書中所收，係方苞當年攻讀舉子業時所作的文章，是對《論語》《大學》《中庸》《孟子》中部分内容的闡釋。每篇之末降一格抄録評語，點評者主要有韓慕廬、李厚庵等人。

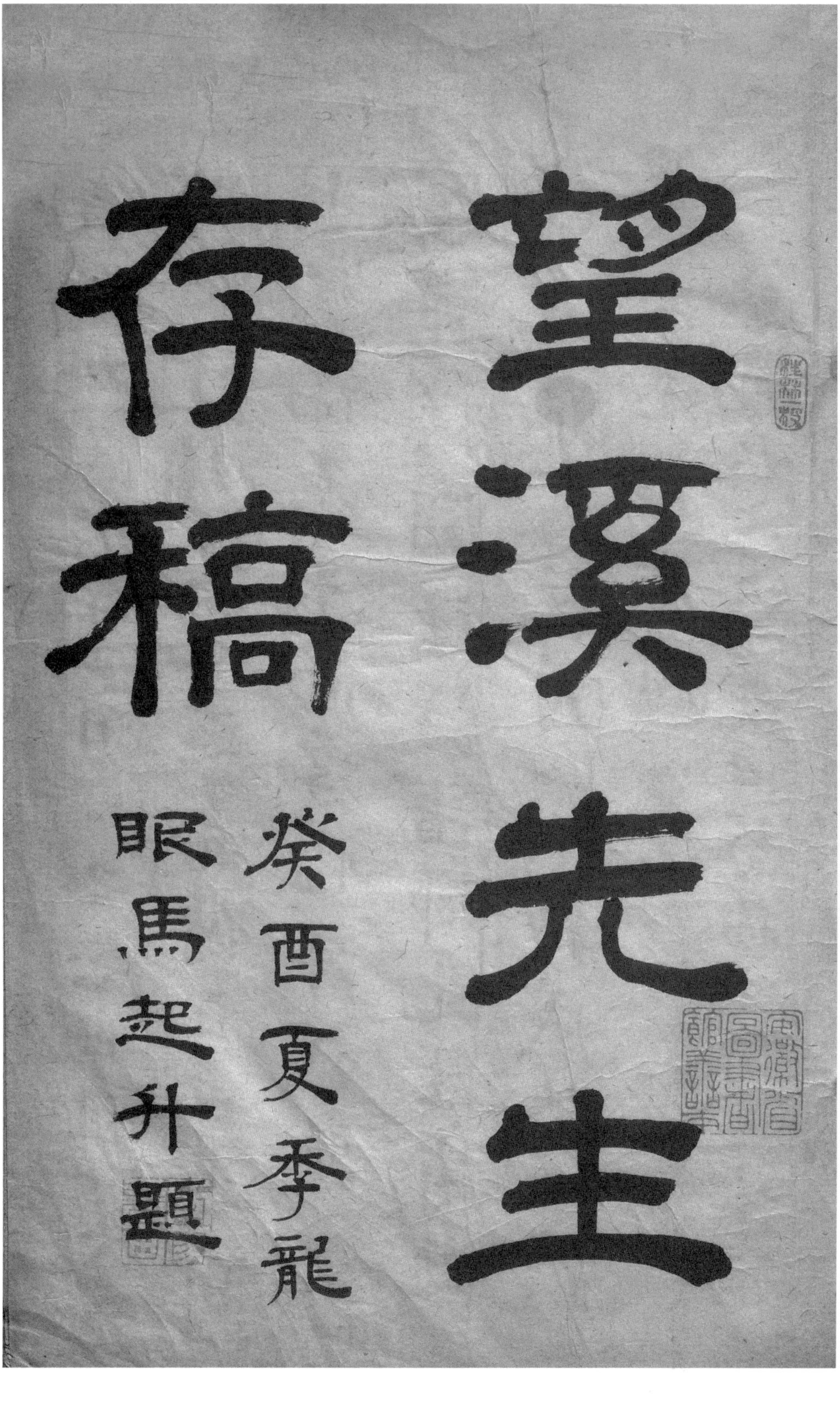

望溪先生存稿

癸酉夏季龍眠馬起升題

是編得文若干首衡十六世祖望溪
公所手錄者也迄今傳五世幾閱
兵燹而原本尚存惜年代既久
字迹模糊謹訪諸鄉先生有熟
讀是稿者校對一次鈔成待梓以
無失先祖之遺爾
癸酉秋七月上浣廿一世孫元衡謹誌

学者居首受書為科舉之文其道不足而強言者繼有工麗彫琢之詞耳
歸於腐壞澌滅以其徒事鉤章棘句而不足以發明天地萬物之理也夫
不足以發明天地萬物之理謂制藝之道僅以冀倖科第初不必於古聖
賢立言之旨有所推闡則始之發為工麗彫琢者幾何不變為膚淺庸爛
遷就以合有司之尺度哉江南旧為人文都會己卯歲予與太原姜公實
司者試首舉桐城方子靈皐靈皐故海內知名士也積学積文歷有年所
於六經莊騷左馬韓歐之文章靡所不覽時文則自守溪靜濰以下皆稚
綜貫徹源流而一道其所以然擷棘攷余索其素所為文視之閱未竟
不覺躍然而興喟然而嘆也夫文者所以明道會天下之士之心靈皐智

巧刻精竭慮而爲時文豈真不能於古聖賢之道窺尋於什一哉所以然
其學其臣不能盡讀古人之書無以充長其意哉識同見而有司又挾尺
度以衡量天下之士稍與不合即斥爲怪迂而詭不中繩墨無惑乎戰藝
而克其選下庸淺而名人魁士抑首伏氣深矉太息而無如何也靈皋亦
少困舉場其十有餘年侘傺失志至於再三終不喜抑從俗而余與姜公
無意而得之豈不快哉靈皋之文穿穴經史綜貫百氏雜家去其疵而取
其醇不襲程朱諸儒之說而暗合其意高下縱橫諦然而不可禦由其理
解融液素所蓄積然也余喜其文爲載道之言足以發明天地萬物之理
不與工爲雕琢之詞同歸於泯滅而世之習爲膚淺庸爛以冀倖科第者

之且大懲其前予之非家修人勵以求至乎道也故為之序韓城友人張

廷樞書

己卯歲余與韓城張公知江南舉而桐山方生為選首榜揭之日其鄉人同聲快之曰自顧涇陽先生舉于萬曆丙午而其盛再見於斯又適時生之文出遠近相傳説以為涇陽先生之文固多不傳而其御墨知年少才俊此皆不識予而方生沉浸醲郁深於古人之意非涇陽所能及也先是庚午生嘗舉為選首垂得而失之在予此惜予而布其文於四方故知與不知皆惜其困之久而樂其一旦而伸也吾覌古之能自竪立而不苟同于衆人之為文此或數十年而有之或數百年而有之學有淺深行有純

敗不可誣也涇陽先生之文同時多與比肩而生其尚後者或遠過乎董數十年而有者也彼當異學猖披之日卓然不惑彼其徒且怙以不恐而澤被於來者知其人豈非數百年而有者哉夫大名者之於藝不可以為居焉不得志之久故能攻苦專一以較文字之工於毫釐分寸以視涇陽先生豈不能過或之世甚愧乎彼後生僅以其文爭勝於涇陽豈實過之哉豈余所以望生者哉而豈鄉人遠近之所以屬生者哉抑吾觀古之能自豎立而異乎眾人之為人者當其身往往為疑謗之所集而久乃後明而近世之以文章顯於世者其初亦不免於眾人之譏侮今生之文一出而人皆信從又以數百年而有之人相屬則生其審於所處哉太原友人姜櫰書

予自丁卯與方子靈皋交距今十有六年其学凡三變而獨不喜為時文始好莊騷樂府古詞貴己賤物傲然自遂於塵俗之外而多為詩騷有韻之文自辛未壯遊齊魯燕趙自癸酉歸好左氏太史公書証嚮今故究事物之變而求其濟於實用者多為志傳書論辯以矯然自抒一家之言自乙亥至今時客漁陽時在淮南時歸金陵乃棄所為詩騷志傳書論辯以之文而沉潛於五經之訓義反覆抽繹先儒之言以別其離合於古聖賢人之意者於諸經皆有所澗闌而治春秋剏通大义正唐宋元明注家之誤凡數萬言五經左史莊騷之書皆靈皋為童子時苐人南董所口授指畫而其好之後先改如此蓋其性情學識隨時變化而覩物閱世各淺深

故也灵皋益不喜为时文而翁授生徒或有所感發于事物之间寓意於斯而其文之三变庚午以前多清深倜傥伟麗可喜辛未以後漸就堅实自乙亥至今則潔淨精微其理多補先儒所未及而文境之王唐以来作者所未曾有慮未於学者視之急不得解而覺其甘可悦故刘子古嘗有言必有灵皋之性情而後能好莊騷左馬五经之文識莊騷左馬五经之文而後能为灵皋之詩騷誌傳書論辨說能为灵皋之詩騷誌傳書論辨說而後能为灵皋之时文然余觀古人皆道足而溢於文而程子謂昌黎因文以見道知世之学者誦灵皋之文以開通其心知而接於莊騷左馬五經之逢經因以莊騷左馬五經所載之义理自治其性情知傳灵皋之

时文之所以传人与起於学也　同学李咸若书

文者載道之器也而文者其人之胸臆則必有以文肖其人之隱曲而性情見焉故夫善爲文者未有不自露其性情者也左之情夸馬之情豪莊之情肆韓非商鞅之情峭刻唐宋之情悽激莫不昭於若別黑白而判淄澠若其失也於放悖鬱紆阻深窘澀於曾不以諱也六經者性情之準的道之統會也其言皆以明道而一本於性情不相假之不相易如是而已四子書者六經之統會也其道純粹以精其性情和平中正其言引繩據墨不爲奇怪可喜者汪洋如孟氏曾莫得以倚於縱橫向令易管韓莊騷列爲之者論其道有不至知其性情之違戾有不啻楚子而齊語矣制义

其肯以四子之書代聖賢之言而宣其性情其也天地品彙之繁人倫情偽之變古今治亂之故精粗隱顯無一不貫乎其中而世或以彫蟲之技目之無惑乎俳優襍唱相與倡為折楊皇荂而不知恥矣而又以其從而笑之抗引古人若其申管韓若其莊列於其至其能為管韓莊列而不已不能為四子也拘墟其見又而笑之曰吾自有程朱之緒言在若其語錄若其大全裒而書之薈萃而徵之又不吾非也意不能為四子其言放僻詭異或無以軌於大道不能為管韓莊列其詞無一毫以畔乎道而其神氣則索然萎薾已無他學者語其非吾之人為四子之文其非四子之性情也灵皋天資純茂當其少時已肆力于左馬莊騷荀韓百家之書其既

一衷諸大道研窮精微辨析異經綸乎六經而較其分寸毫釐故其為文馳騁閎富刻琢精辨無所不有其意比與聖賢心志相流通精神相依憑其次比之卓然者出乎吾儕之上蓋其漁獵百氏皆有以極其參伍錯綜之用以自得其性情其所見及此皆實能心知其意其必知之此凡之字皆力行而至之固宜乎道者味乎言之也灵皋與其兄質同學同所著古文辭殆及數十萬言制藝之書軀說爽灵皋為南國舉首例得刻其行卷而先是百川之刻其目知集行於世之知百川灵皋久矣好叙求乎道而首古人之性情以無謬乎六經之旨知兩集具在其之有以假途向津而知所肆力也夫　同學龔俊書

學而時習之　全章

聖人以學之意示人而使之自思焉蓋說也樂也君子也非不已於學豈能心知其意而合德焉且天下之事茍習之終身不厭而有以自得於心則必有人焉心知而篤好之而不復聽得失於衆人以為之憂喜而況君子之學乎夫學也者所以盡吾之才而復其性者也天下之理驟聞之未有不疑者也吾人之心驟用之未有不格者也惟習之而時習之吾時時閱其理而不畏其相難則必有忽然相遭之處吾時時用吾心而不求其速化則必有油然自合之時如是而聰明之用不至於虛耗道德之任無悔於初心日月之流不暫其迅邁而不亦說乎且夫學者之得意固非可

以一端竟也獨居深念方悵悒於吾徒而山高水長之外忽有叩吾廬而來請者不患言無聽而倡無和此心此理既夙知其無二而晦明風雨之中復有棄俗尚而相從者可以講其是而去其非以此思樂樂可知矣雖然天下之人或異世而相慕或日接膝而不相知以其遭逢之難故我友之遠不我遺為足樂也若夫人之不知固其所也而又何慍乎天下雖無知我之人而我非無可知之人則於己無恨我本無意於人之知而亦非人之不足以我知而於人何尤古君子遯世無悶而以成德為期者意在斯乎意在斯乎當亦無所多讓矣吾嘗謂世無好學之人今而知非好者寡也學者寡耳學之必習之習之必時習之可說可樂而無慍若此而有

不好之者乎吾不識天下學者之聞吾言其謂之何也而吾之得於心而可言者則歷歷如是也

精寔簡潔已該題蘊　韓慕廬先生

朴質斲雕與王唐歸胡不同於音律而同於氣味故足尚也　李厚菴

氣骨風神與古爲化故其闡發先儒義蘊絲去膚而存其液此種境界如登閬風而吸沆瀣俯視一切言語意思皆塵垢粃糠矣　吳荆山

信然以生癯然以清　左未生

如此文古人所目爲澹泊也而慕廬先生以爲精實所駭爲奇變也而厚菴先生稱其合于王唐歸胡知此然後可與讀靈皋之文　劉月三

人不知而不愠

學有以處人之不知。而說與樂可常矣。蓋學者信道篤而自知明。人之不知。與吾學之可說而可樂者無與也。而何愠哉。且世之終身於學而役役焉。聽於人以為憂喜者何多耶。蓋其始也。非以為學。而以求知。故不得於人而不勝其自阻焉。若夫明於學之意者。當其始而已無人之見在其意中矣。況學之久而充然其有得者耶。何者是非者聽於人者也。而為是為非之實非人所能易也。吾學誠非耶。雖人以為是而可信耶。吾學誠是也。雖人以為非而何疑耶。用舍者聽於人者也。而可用可舍之實則與人無異也。吾苟為世用而實無可用。人豈能代吾之恥耶。吾雖為時舍而實有不可舍吾何必代人之憂耶審如是則人不知而何慍乎凡人有所邀而不得而悔其事之無功則慍生焉而學者無是心也方其從事於斯而已有不易乎世之見焉未嘗招之彼焉得而應之未嘗炫之彼焉得而鬻之蓋其本指固殊矣夫誠無所冀於其前而又何所歉於其後耶凡人內自視為有餘而迫欲求伸於後則慍生焉而學者無是候也雖當成德之期而有闇然下學之思焉物之未動可積吾誠以觀其通也名之未成可寬其時以蓄吾德也蓋其自待者厚矣夫且時覺己之難信於心而敢謂人之不當吾意耶或謂一時之人心不足與爭而悠然以俟諸百世然有望於後即慍也道德仁義亦當其時自快於心耳不因一時之不知以擾其

情亦不藉百世之知以消其憾也或謂在己之沉淪無足深惜而道固遺恨於斯人然非為身圖則無慍也悲天憫人亦盡吾心以聽其所會耳所望於人知惟天下之義而無所私故所以處人之不知者雖引天下之憂而未嘗不自得也故以知希為我貴則薄斯人為無知而氣已囂而不能静務自隱於無名則人以知為有累而心轉累而失其常若夫學之能悦諸心而有以相樂者其道甚大其遇又甚平而其處知不知也甚適非君子之信道篤而自明者豈足以語於此

探孔孟程朱之心擷左馬韓歐之韻天生神物紀一代之珍玩也 張奭嘆

載籍之腴澹為光潤有藍田日暖良玉生烟之意 韓祖寄

白樂天云為詩義在裨益言義皆自所為况為詁古聖賢之言乎如此文

三教誦之使人狹隘矜躁頓釋於学实有裨益也　初月三

禮之用　全章

知和知節而禮乃成矣蓋禮以為節而和寓焉故貴美而可由也彼有所不行者又可以為知和也哉且人有性與情而不能自達故先王之禮制行焉然或以為先王之禮而不知其為己之性與情也又或以為己之性與情即先王之禮而不知非徒己之性與情也蓋禮之名雖存而其實之不行於天下久矣何者生民之初耦居無等雖君父而常以為吾儕故囂凌詬誶習為故常而有欲致其相親相愛之道者亦用違其分而不可以安先王憂之制為之禮使知貴本而親用以為其性與情之既離者吾以禮柔其氣而即以禮感其心其性與情之未離者吾以禮足其心而即以

禮防其弊故禮者所以立人事之節而導人心之和也無有所致而中必
饜故勞苦恭敬乃所以養安茍近其物而情亦生故物采容儀皆所以體
性知此意者是禮之所以行其用之所以貴也如其不然而惟是化性起
僞屈㨒以匡天下之形則夫恣睢其性與情而決先王之禮者不俟終日
矣而先王之道何以為美小大之事何以必由也哉雖然天下無知和者
而禮亡天下無知和者而間有知和而知者而禮亡而和亦亡何者和無
不得而有所不行者知和而和不復以禮節之也以兄弟朋友之愛而上
施於君父則出者不自覺而受者必不安去周旋際會之文而放浪於形
骸則責於外者無可觀而鬱於胸者亦未暢且性之既蕩則反其道即可

以為非志即無他而由其風亦可以亂俗苟如是是亦不可行矣夫先王之制禮也非徒為性與情之既離者也謂夫相親相愛者無以自達而有所不行而今乃以無節者為情與性而增其放哉惟守禮者若以身為梏故不足以厭知和者之意而獨任其情惟知和者復與道大乖益以阻用禮者之氣而使之不適二者皆譏是禮之實未嘗一日行於天下也可不惜哉

行文自有明諸公局法之奇变氣體之高古皆備矣必於義理求勝乃能出一頭地如篇中実義皆歸金二公所未發也　刘言潔

心無隔礙手無縈襟理以氣順浩然若江河之運　張羹漢

禮之用和　一章

禮以和行故由之而無弊也蓋和者與禮相安而非無節之謂也安得以不和病禮而又以不行病和也哉且禮始於天而成於人知人而不知天則僞知天而不知人則野先王惡其野而病其僞也故禮興焉而不謂後之復為天下裂也何者禮以立人事之節而導人心之和兩者相持而長而不可離者也詘放傲而祛嗜欲一似有劫於外而後成然使不因其天資之材必將決裂以為安而非可以威馴而化服立分界而設威儀一似日蕩其真以為僞然使盡去其違情之物亦且手足無所措而不覺其顏變而愧生審是則知禮雖人之所設實天之所為而用之不可以不和矣

茍或不然雖盡筋骸之力以赴詘信俯仰之節而靡有違背者亦何足以為貴哉且非獨用之者之不足貴也天則無是而人為之雖剏於先王而亦不可以為美也天則無是而人為之雖先王以為美而亦不能强天下以必由也先王以是為道之精而用者棄之則其美先盡雖由而無異於不由雖用而無異於不用矣雖然世之能守先王之禮而又知其所以云之意以達於小大之事者百不有得焉而先王終不以世無知和者而廢禮而必使用之由之者何也夫亦逆知夫後之人必有因和而廢禮者而有所不行也彼病天下之不知而獨其和自貴恃所行之無僞而不復以禮自閑推其心固謂其事甚淺也然偶有一事之失其節而禮為之虛則

非事之有缺而心之有格矣亦曰吾情有餘也乃不能曲折以致其情而使受者不安則非情之有餘而情之不足矣苟如是是亦不可行矣蓋貴且美者禮中之和也而無節者禮外之和也以禮為不知和則不知禮以禮外之和為和則不知和蓋離和與節而二之而禮幾為天下裂矣雖然用禮而不和其失止於無可貴知和而廢禮其勢將有所不行世無知天知人而不疚於禮者則與其知和而蕩無用禮而拘也

義理則取鎔於六籍氣格則方駕韓歐唐歸金陳諸公壁壘盡變矣

韓慕廬先生

取精既多擇言不慎其不當於理者亦寡矣　兄百川

二篇皆先生乙亥客涿鹿作正歐所云異其少時雋逸之氣根蒂前古

就於法度其學其詩於虛心而漸見古人情狀 槃謹識

君子不器

觀君子之不窮於用而知其道之大也蓋道足於己則不疑於所矣行而豈可以器域之乎且三古以還士之遭時致用而功建名立者衆矣然未有任天下之所求而恢恢乎不能窮其際者也此不待試之而後知也所見者卑所積者薄茍有可觀而即以自喜矣豈可語於君子之學乎何則凡人之可以自見者器也而君子不然也器者因其量以程功少溢焉而已不能受而君子兼懷萬物尚有餘地以相容器者守其方以待用易地焉而弗能為良而君子百試不窮初無一長之可見蓋於是而知先王之教所以成天下之材者至深遠也凡可為身心性命之益者無弗圖也凡

可以為家國天下之用者無弗備也至於纖悉繁賾之物大受者所不必經心亦使反覆求詳焉而不敢廢至其材之既成咨以謀而無所不通試以事而無所不效追論者以為上古之人材有天授焉而不可幾而不知先王所以成其材者其教固如是也抑聖賢之學所以自成其身為不苟也沉潛高明可以任其質而不敢安也道德術藝可以速其成而不敢廹也即至天人身世之間所值者已廹不及待而猶遲迴自試焉而不敢輕追其身之既出大可以持天地之變而細亦能屈萬物之才觀之聽者以為夫人所挾持非闕學焉而不可强而不知彼之所以成其才者其學固如是也雖或發名成業終身於一事而不遷然不過因其時位之所遭以抒

其才實而未出者可以信其非紕即已効者不得謂其獨優抑或修身慎德闇然若世事之不識然一旦付以生平所不習以試其經綸而疑之者訝其有意外之功而信之者知其為本然之事世之小器易盈沾沾一得以自喜者聞君子之風其亦可以少愧矣哉

每題入靈筆乎便見得大文俯仰吟嘯高廣淵深他人那有此胸次

胡襲參

子曰由誨一節

誨勇者以知不欲其輕於自信也蓋輕於自信則誤以不知為知者多矣故與子路切言之謂夫天下惟一無所知者乃不敢自冒於知若有知而不盡則往往執其所蔽而以為己明又自信其中之無欺而不可奪焉故所以自别其知之限際者不可以不慎也由乎女固不甘於自棄於知者也而抑知知固有知之本乎而抑知知固有知之實乎世之臨深為高加少為多明知己之不知而矯作修飾以外欺於人而内違其心者在由當不慮此然事以執而易偏理每遺於所忽知以體事而吾之所知未必盡得乎事之分也假令所以處此者斷無以易於吾之所見則亦可以介然

而不惑矣苟返之於心而幾幾乎有不能自必者而遽以一往之意行之或他人所知有進於是者而又以先人之見入之則終無以得乎此事之分矣而因無以酌乎他事之分矣知以入理而吾之所知未必遂乎理之歸也雖有不止於是者而據吾所至以為程夫亦可以隨時而自驗矣苟掩所未至若恢恢乎其有餘地也而以恍惚之意居之將後日所知本有可進於是者而反以游移之心失之則無以究其理之所未至矣而並將迷其知之所已至矣夫既以知之而何容自昧也吾有知而自昧之將吾有不知而亦自昧之也不知而何容自匿也吾暫匿此不知之端是長杜其可知之徑也知之為知之不知為不知則不能使物無遁形而已能使

己無適情內之自障者既開則物之窒於外者亦攻之而易達矣是知之
本也未然者雖有待而難通而已悉者則見前而不爽學之自審也既詳
則後之役吾心者亦有基而可據矣是知之實也若夫不能盡知天下之
理而耻之不能自知其心而不恥是自奪其鑒而益其疾也由也慎之哉
果能不忘吾誨而亦可以毋愧爾知矣

思力微入蒐章陳二公之妙而句棘又似正嘉前輩 韓慕廬先生

理奧思幽隨其心境筆典俱到 顾有常

微言洞心可祛學者之惑累 吴东嚴

子曰苟志　惡也

專其志於仁所以絕惡於未萌也蓋仁與惡相畸而志介焉出乎此則入乎彼而安得不專其志以絕之哉且仁人心也有善而無惡者性之體也乃感物以動而心之本仁者不足恃矣而恃吾心之所注以堅之而性之無惡者不足憑矣而即憑吾心之所堅以絕之故學莫先於辨志也仁者理之可安者也志乎此則遇事而求其理之所當雖未必能盡乎理之精微而決理之閑以自惎我知其無是矣仁者情之大順者也志乎此則遇物而皆覺其情之可矜雖未必盡宅乎情之中正而賊人之情以自快我知其無是矣凡人於己之有善往往易悅而自足一念之能克一事之無

虧而不禁怏然滿志曰仁在是矣而不知苟如是是獨可謂遠於惡耳理必精其分而後無疵心必要於久而後不息方引其端而遂竟其委無是事也獨由是而之焉則已有其地耳凡人知道之甚艱又往往中怠而自止重其任而責不勝遠其途而咎不至將自謂於仁無望而志益衰矣不知苟如是是亦可以免於惡矣竟其業可以至於聖仁而守其心亦不失為寡過上方不足而下比有餘故可易也特過此以往者則未之或知耳惡每乘虛而入惟中無所主乃有地以相容惡又以類相從苟趣既絶殊自無緣而驟對待其蔓之滋而後去之不若絶其萌而勿使能植也疵其流之污而務澄之不若治其源而勿使能濁也夫志固發於一旦而無所

牽制者也生平之蕪累不必深求第一念能明而此心如濯矣夫亦可以慨然而興矣去志又隳於一旦而無所底麗者也夙昔之秉持無足深恃茍一息自昏而羣邪來宅矣夫亦可以惕然而懼矣人果有志於仁未有僅自安於無惡者也吾願其毋以志自惑也人雖無志於仁亦未有自甘於惡者也吾願其早以志自決也

兩意相承層疊往復以竟其緒益虛字神理亦出真苦心獨造之文

韩慕廬

深湛之思出以顯易何心手之相調也　韋商手

大士先生作已見此意吾師終竟其緒又愈密而辞加遒遂覺青出于

蘆水寒水　日淪謹識

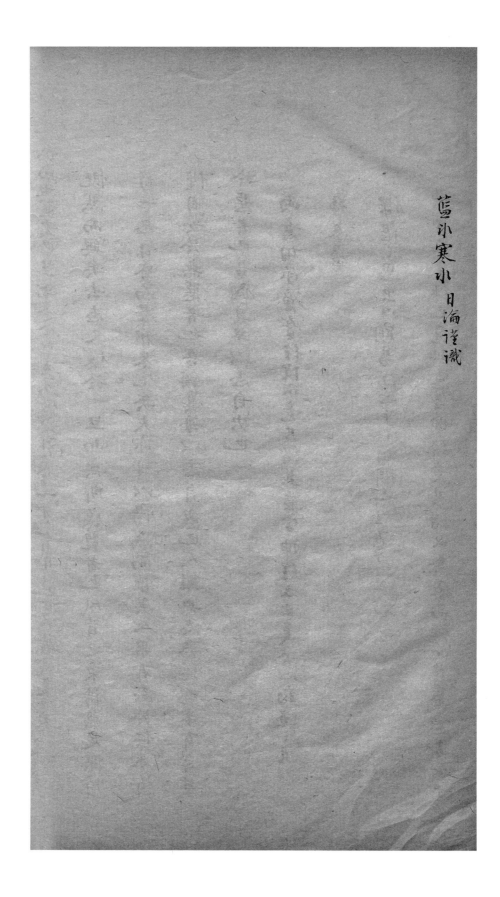

季文子三思 一節

思當其可而不已非所以正行也蓋思則非冥冥而行者也再而詳三而惑豈可以訓哉且天下惟至愚之人無思自衆人以至於聖賢皆有思然聖賢之行以能思而成衆人之行以多思而陋而甚且有不可聞者以不若聖賢之能斷也其所以能斷者何也執於正而用之有限度也昔季文子之三思而行也蓋至孔子之時而猶不没於魯人之口焉夫思以為行地也則思不徒以多為貴也即曰多而後精而亦必問其所精者何道也行亦不徒以慎為貴也即曰慎而後完而亦必問其所謂完者安在也今文子之思不可知而其行具在也其果有得而無失乎抑得者多而失者

少乎而殊不然也而何以三為哉子聞之曰夫思有所必用以發此心之昏蔽亦有所必止以靖此心之紛紜成敗利鈍非可以逆睹者也文子之所思者惟其事之是非而已一思焉而事之當行與不當行固已判然也至於再而所以終始乎此事者曲折無不詳盡矣愛惡毀譽惟人所　者也君子之所思者惟此心之安否而已一思焉而行之自得與不得固已烱然也至於再而所以求愜於吾心者義類無不彰明矣在學者窮高極深以盡萬物之理或有積日以思而未易通其故者若身之所行不越人倫日用之常豈有幽深之故哉苟循分以求其義而更加審焉其亦可以無悔矣而安用此擾擾也古聖人經綸創造以合百王之緒或有憂思萬

變而不敢易其行者若文子之行不過一時一國之事豈有難窮之變哉使率道而不及其私而謀所處焉不待再計決矣而何爲是區區也從來忠孝之行常半有所昧以成其志無他得其當然之分而遂置其餘也從來苟且之行亦多方自審而以爲安無他雜於後來之見而轉疑其始也由斯以談再斯可矣而何以三爲哉嗟乎文子之所思者不可知而其行具在也鷹鸇之逐所當自矢者也而奸人之逞志於君者且比肩共事以終其身莒僕之出所敢專行者也而大國之相要以亂者常降心相從而不敢犯是皆其所得於三思之後者耶而魯人至今以爲美談甚矣其蔽也

刻核嚴冷，於先輩名作外又出一奇。初月三

胡君龍驤駁此文云：思以得理為斷，學者窮言極深，終身不得乎思第思，算不得一思，及其得之，乎思第思只算得一思。一思云者，非輕快之辭也，人倫日用之常，一時一國之事，停于不思亦不能輕快而得之耳，斯可矣。夫子為第者立思之準，若枯愁之子，道理便蘊於文字之深，以為然。

子華使於　全章

賢者之所為聖人言之而知其不足異也葢學者欲無失於與之辭之義則求思之誼與子之所以進之者皆可考也故並記之且聖人之道辭受取與之閒葢有至當而不可易者焉茍徒鰓鰓焉然求遠於衆人之所為則其於衆人也何以遠哉昔者子華使於齊矣而冉子為其母請粟者一再而未有已也子既與之釜與之庾矣而冉子猶與之粟五秉焉彼其心葢有感於衆人之惜於財而忘其友者而動之以概也而不知求之與與衆人之吝其於重視此粟均耳謂子之於赤必與粟而後為稱則所以待人者過卑謂巳之於赤必多與而後為忠則所以自待者太淺曾是師弟

朋友之交道德性命之合而顧以五秉為厚薄哉求以為輕於粟而不知
視粟也太重求以為重於友而不知視友也太輕何求之胸中擾擾於釜
庾與五秉也且使赤而急雖不為使而何必不周赤而富雖為使而何必
繼肥馬輕裘夫豈不足於粟者乎而何以與為哉昔者原思為之宰矣而
子與之粟至於九百之多也粟之與亦與其為宰耳而思乃辭焉彼其心
蓋有激於衆人之利於祿而愛其官者而以身為礪也而不知思之辭與
衆人之貪其於重（視）此粟均耳思誠不足以堪乎宰而姑辭其粟則所以處
其身者甚苟思誠足以堪乎宰而不食其粟則所以處其上者不情曾是
守官敬事之大立身行己之方而徒以九百為輕重哉思以為所輕者粟

而不知視粟也太重思以為所重者宰而不知視宰也太輕何思之胸中擾擾於粟之九百也且思而有所用於九百則受之如而不必辭思而無所用於九百則受之而亦可與鄰里鄉黨豈無所置此粟者乎而何以辭為哉夫夫子所云若無以遠於衆人之情而足以立萬世之標準而求與思之矯焉以求異者要無以遠過也即曰過之以求與思之賢而徒過於衆人豈夫子所望哉

意定而詞立使人愛其愜適忘其艰辛　汪枚亭

氣体高老猶見先輩大家遺則　李厚菴先生

立論超出衆說之上而用筆之高妙則所謂丹砂空青雲膏木碧物外

難得自然之奇寶也　汪武曹

行不由徑　三句

賢者之觀人於其所不為而信之焉夫人有不為而後可以有為若滅明之行不欲速而交必以道真其人已且夫迂濶之行不近人情之事亦非君子之所尚也乃令人所謂迂濶者非果有迂濶之行也由其當然而乃以迂濶加之矣今之所謂不近人情者非真有不近人情之事也安其所無事而乃以不近人情怪之矣偃於滅明蓋嘗於滅明步趨之際而閲其為人焉又嘗於交際之餘而見其為人焉夫周道如砥而君子履之未聞所謂徑也吾不知徑之由倡於何人吾不知徑之由始於何日而人人由之若且以不由者為怪也彼將曰是非有蕩檢踰閑之失而由之何足以

為嫌是非有進禮退義之防而不知由何足以為節不知夫世之無所不由者彼其初皆以為何不可由者也識徑之便懷由之心而徑之外又將有徑矣滅明曰彼由徑而達者即不由而未嘗不達者也尋常無事之日尚不能居以從容則夫迫於利害之交而乘於倉猝之際尚安有思而不前行而不懼者也夫是以不由也長吏之庭而士民見之何必至於室也吾不知至於室者之有何事吾不知至於室者之為何心乃至者以為常而宰亦以至者為常也彼將曰宰非不可見之人而升其堂何必不入其室吾非有干於宰之事而入其室不異於升其堂不知夫非公之事固未有卒然而干於宰之事日入其室日出其室而非公者視之若公矣滅明

曰吾非與宰相避之深吾無事而何必與宰相見之數也時會月吉之辰
吾嘗往而即事非不可以合上下之交非不可以通彼我之懷而豈以私
接為親旅進為疎也夫是以不至也滅明之為人偃蓋於是二者而得之
錬神宅虚伎氣不耗猝於相遇世所用意而得之以天合天技之所以疑
神也 秦雄生

昔韩退之文怪怪奇奇世所不色李翺皇甫湜及宋六家皆偏得其支除灵
皋时文之尽得有明大家及同时诸贤之體格如此文幽约深秀兼沈眉生
吴次尾之長技也 張英叹

行不由徑非公事未嘗至於偃之室也

賢者之觀人於其所不為而信之焉夫人有不為而後可以有為若滅明之行不欲速而交必以道真其人已謂夫古之君子其自處也雖小而不苟其與人交也常淡然而可思偃於滅明蓋聞所聞見所見而知其有異於衆人之為人也偃之未至武城也武城之人蓋傳其行不由徑矣此偃之得於所聞者也偃於是深有意乎其人而又以嘆衆人之情之多蔽也夫不由徑何異由徑之人異之耳豈不當由者由之為常而當由者由之為變也而吾又以嘆衆人之心之當〔尚〕明也彼不由徑之稱由徑之人稱之耳是由之者之心未嘗不知不由者之為是也偃於是深有意乎其人而

尚未敢以決其為人何者末俗之敝也人皆知通方之可諱與畫地而趨務自飭於形跡之外諸凡可以出入之節持之必嚴而未必其中之果可信也事異而情遷或大於此者而乃以為可矣衆軌之齊也人將以巧趨者為厭矣當途之子所願推心於方恪之人故凡動人觀聽之處爭務為名而未必其為之無所為也立譽以廣游即平日之硜硜而巧作之合矣而滅明何如乎偃也深有意於滅明之為人而滅明若無意於偃之為人武城之寡事也時會月吉之暇願得心期古處者相與為忘形之交而滅明不然其于偃也未嘗遠而卒不可得而近也滅明若無意於偃之為人而又似深有意於偃之為人賢者之與人也必不責以依附之私則以巧

媚求親者亦殊非相待之厚滅明之於偃如此是滅明自為君子而亦不以偃為衆人也偃也心儀滅明久始猶不敢遽以所聞決其為人及見其非公事未嘗至於偃之室而後斷然信其為不由徑人也嗟乎世之言得士者皆曰是嘗往來吾室矣不知能使入吾室者即不能保其不為逄人者也不然胡滅明者未嘗至於子游之室而子游津津然道之以為己所得士哉

層折上下寓以感慨風致自别 李厚菴先生

起境逼窄便已不窮水亭下轉身乃得寬勢即一草一禽莫非靈氣異來矣時賢只解得實以為向從邊裏而來一路皆平岡漫陀何處復覓瑶

此孫化卿大士生平秘法只是前半截筆偏寄交人不能及不知其但賞其轉身後而删其前半以為率易直貪看鴛鴦忘卻金針其所以也

謝灵墅

余己巳歲試受知宛平高素侯先生辛未隨從入京師先生命閉扃室勿與外通大司成新安吳公謂先生曰吾急欲識此生吾擇生徒之尤者與子弟會文生能過我乎余以疾辭又數日名帖屢再三辭公因自訪余於寓齋余因先生以謝曰某掛太學而部牒未過以賓客見又不敢也以生徒見又非所安請稍俟之公癸酉二月札先於余秋闈畢余始報謁仍執不見之文而公屬余益厚公御向或問大學人材必曰有方生者得之矣耿介技術之士也吾未得見而知之最深用此見居門下者皆若有憾焉其題一所以試友昭諸生以余偶擬作篇末云云益感公知己之又也及余名過牒而公已去太學尋歸道山竟未得一見每與公子永嚴兄弟言之未嘗不氣結良久也 自記

王介甫言近世學術之要在人心錮於功利飾小節名立小又正以便其私篇中所抉摘真足使汗出而食不下也 華國識語

不有祝鮀之佞　一節

聖人嘆人之難免而憂世之心切矣蓋觀鮀朝之宜於世而不然者可知矣此夫子所以嘆也謂夫子之栖於世久矣轍環以來幾遍天下人情之愛惡世途之險易無一不在吾目中而今乃為人之悲居此世者悲也夫古之時士雖終日正言而莫捫其舌也而巧言者有誅焉而今則為祝鮀之世矣鮀何人也人而有鮀之佞何如人也然而免矣而不然者難矣古之時士雖終身正色而莫改其度也而令色者有誅焉而今則為宋朝之世矣朝何人也人而有朝之美何如人也然而免矣而不然者難矣物莫不有機而動即與之相觸既不能不在一世憎愛之苟不為人所甚暱而

不傷而何能保其相貸也人莫不逢世而生質自不可强苟不爲天所生以感世之人縱不至盡蹈於危而莫之脫而自顧要無可恃也夫昔之尚忠而務樸者豈獨非人也哉無端而有以佞與美自喜者即無端而有以佞與美相好者其自一二人倡其端世未必不相與驚之而相與惡之也而浸尋變易至於舉世皆然且不知其所以然而非是有所不可夫豈一朝一夕之故哉今之駁正而怡邪者豈復有人心也哉而欲易爲佞與美者之心而使之自慙而欲易好佞與美者之心而使之相疾非百年必世之正其趨未必能更之而未必能盡之也而陷溺迷惑且惟恐其不工而惟恐其不甚月異而歲不同安知其何所終極哉夫士生於今正言正色以

犯世患既慮其身之不免即免之矣而日居此世日觀人之居此世者此心亦何能自處也

文氣酷似昌黎與李習之書　韓慕廬先生

末兩比即從今之安三字窮源極流愜乎言之道臻神妙○羅萬頗似正希於擷華存根語皆中規正希不及也　李厚菴先生

不有祝鮀　一節

觀人之難免而世無可知矣夫必鮀與朝而後免則生斯世者危矣而世為何如世哉且夫人共生天地之中而甘以其身媚人耳目之際吾甚怪夫為此者之甚不情也今而知怪其不情者之甚不情也夫今之世為何如世哉弟依乎理以論之則君子終日正言終日正色而與世無傷即自問亦可以無患也乃以今人之耳而聽今人之言其佞者不以為佞也而以為是忠信無偽之人也而不然者逆於其耳而因逆於其心矣且或以其耳之不習於是言也而疑其不忠不信焉而隱憾生矣苟如是是必人皆鮀佞而後可也以今人之目視今人之色其美者不以為美也而以為

是和易可親之人也而不然者拂於其目而因拂於其心矣且或以其目之不習於是色而疑其不和不易焉而禍機伏矣苟如是是必人皆宋朝而後可也嗟乎佞即可學而鮀之佞可學乎雖有能學為佞者以為庶幾可免而稍不如鮀則更有一如鮀者而愛之獨深安知其不一旦而巧相搆也美不可强況朝之美而可强乎雖有幸生而美者以為庶幾其免而稍不如朝則更有一如朝者而愛之益甚安知其不一旦而陰相賊也且使學鮀而鮀焉學朝而朝焉偏得其一以冀人之悦其言而不憎其色悦其色而不詘其言亦第可幾幸於或然而要非萬全之策也而今之耳欲鮀之聽焉目欲鮀之視焉萬一有兼之者則特出者過其望外而愛將益

專偏至者以為無奇而恩將月替既不能保其情之不移即不能必其變之不出也嗟乎即此好諛悦色之人而責其為鮀責其為朝固有所不能而終不以己之不能而怨人之不有即此不佞不美之人自聽其言自觀其色而已覺其無味又安能以己之所自厭而冀人之或容蓋其成風之久浸尋於歲月而不知自而入人之深膠固於隱微而不可化微二者而更無求免之行舉天下而一無可免之人不亦難哉不亦難哉而吾向者猶欲人之正色而不撓正言而無諱也

着眼々々虛句故詞意輕婉而已徹題之深處　韩慕廬先生

人情物態摹繪逼真知其胸中感慨多矣　劉月三

務民之義敬鬼神而遠之可謂知矣

專所務者以其知之無不盡也蓋民之義則務之鬼神則敬而遠之而天下之理得之矣可不謂知乎謂夫明於性情之德者不可惑以神怪蓋深知夫人之道故有以立之而可以聽鬼神之所為亦深知夫鬼神之情故有以處之而不至欲人之所為也知此者可與言知矣蓋知必精於義而識所務者也既已為人則亦求盡乎人之義而已凡事為耳目所狎見則昧者忽之以為易循不知民義之難盡者豈必盡性至命之深微也哉即此日用飲食之故其義至密亦至難非務者不知也一事必具一義而由一日以至終身無一息之間而得以自寬雖竭上聖之聰明而終無以溢

乎其分也凡事為宇宙所共由則愚者冒之以為已得不知民義之難盡者豈必參天兩地之廣崇也哉即此子臣弟友之間其義至深亦至變非務者不知也一事各異其義又蒙於形跡而不易推往往有為善之心而適以自背雖積大賢以上之資力而猶未得其所歸也至於鬼神之事亦義中所當知也事鬼神之道亦民義中所當務也或屬民之氣以致霜露悽愴之思然接以歲時而莫敢朝夕者恐數以生玩而益怠也或告民之功而為春秋報賽之禮然致其誠敬而無所禱求者恐私以相干而近狎也然則敬而遠之非以鬼神為無而遠之乃知鬼神之有而遠之以全其敬耳非以鬼神為民義之所無而處之以鬼神之道正以鬼神為民義之所

有而事之以民之道耳故世有凉德之人置民功於不事而勤於鬼神神於是乎詛之以福而遺之以禍彼蓋不知神者依民而行苟棄其義而瀆於神不敬莫大焉所以為天下之至愚也又有術數之士測鬼神之吉凶不爽毫末而君子獨斷之以理而深詘其謀彼誠知夫天道遠人道邇苟民能立而義不懲鬼神將聽命焉所以為天下之大知也非通夫幽明之故而協神人之宜者孰能與於此

非融會義理穿穴載籍並刻精竭慮不能為此文　韩慕廬先生

務民之义說得精微敬鬼神而遠之說得平正皆多讀書能窮理之效

鍊神駕氣措意遠言自成一家之法目中遂焉寡儔　鮑季昭

子在齊聞韶

記聖人之聞古樂非偶然也蓋聖人之於物也無所茍焉況其所欲聞之韶而適得之於齊也哉（辨）且其鏗鏘鼓舞而不能知其義者不足以言樂固也而樂之義實有寓於鏗鏘鼓舞而不可以憑虛而得者未嘗聞焉而曰吾已盡其藴雖聖者不能也如子於舜固所稱異世而同神者也而魯倫六代之樂則韶又宜所肄業及之者也而魯論特記其在齊而聞韶也何居蓋覽雅頌之遺文不過得之想像而已而凝（精）神之運依於形器而効其情彼琹操有師而文王睪然可見則知入耳而動於心者為切也倫先朝之舊典不過存其髣髴而已而國治（故）之沿别有師承而不相喻彼武音非

遠而有司已尚失其傳則知世官而宿其業者為難也在昔虞氏中微而三恪之封胡公實承其事守及夫敬仲播越而九韶之奏齊人實志其遺音益古者開國承家尤重於祖宗之典物雖支庶奔亡而猶抱其遺樂誠不忍神明之業久而就湮而斤斤習數以存其神以視夫吳札之所觀周太師之所職吾知其必有異也而吾子刪詩定樂每資於列國之見聞雖一詠一歌必求合於韶武而況乎盛德之同曠世相感而一旦覩物而窮其變以視夫萇弘之所傳賓牟賈之所誦吾知其必有異也嗟乎周之季也五帝之遺音盡矣自夫子聞之而流連咏嘆韶如至今存焉其事蓋非偶然不然雖齊之工師世守之其異於他樂之亡者幾何哉

醞古沒泊味之不盡　胡叅襲

優柔乎中比金石琴瑟尚於玉音非里耳所能辨也　錢亮功

文境清絕超於塵俗之外正如海水汩沒山林窅冥以先生而移我情也　劉齊

文之為不圜為集句領意如燈取影出辞無務於深幽約如三代法物使人瞻望徘徊久而生敬　儲禮執

興於詩立 一章

聖人序學者之所得而各本其功焉蓋人不能自興自立自成則詩禮樂之功何可少也且吾竊怪夫先王之世士之成材者何其多而所成之材又何其閎廓深遠而非後世所可望也蓋其時風教隆而典文備而管絃鐘鼓之聲相聞士之所以成其材而治其身心性情以歸於道者自小學之時而已具矣今有人焉見善而不知慕同惡而不知懲則其心頑然不可與起而後此教無所施矣即慕矣懲矣而所據不深未嘗强立而不返焉又或者矜心作意不能納情合性以幾於化則其人尚未成也先王知之為之形四方之風陳朝廟之故指遠而境近言淺而思長其為道優柔

衷愉深微而寥渺使人之真意觸而自流而又恐其吉凶哀樂起居出入之無所守也則天之明因地之義定人之經有所勞焉以安其情有所緣焉以達其性而又知其不可速化也於是乎存天地之神而合之度數以達其音聲潛移默率使物受知之而不能知夫先王所以教天下士者其事之詳且密如此而又皆豫之於小學之中其用志不分則歷久而不忘其為時多暇則煩且勞而力有以相洽七年而學幼儀十三年而學樂誦詩二十而學禮優而游之饜而飫之使自得也學操縵焉以安絃學博依焉以安詩學雜服焉以安禮藏焉修焉息焉游焉交相養也夫道德仁義之旨原未嘗不寓於語言法迹音容器數之中而其委曲繁密者既寬治之

幼學之時而尚有餘地矣故一旦知類通達而身心性情皆異焉見一善而其興也勃焉見一不善而其興也勃焉觸物感興而哀樂過人則向之深於詩也而且視聽言動之有閑也戎祀賓喪之有執也倉卒急難之不為感惕而利疚也其能立如此其所據於禮者深矣夫然後終日言而匪僻無由入終身行而矜躁無由生化與心成而中道若性則樂之道歸焉耳夫先王於小學之中而豫以養其大成之德如此故其學之成則身心性情得其安其材之成則天下國家賴其用上焉者會通而不滯而卓乎有成德之期下焉者日習而不離而不失為專家之業嗚乎可謂盛矣自庠序學校之教衰士皆苟焉以自逸而無所藉以成其材其為憂豈淺鮮

哉雖然先王之教不行而詩禮樂之遺具在也以不興不立不成之人命為學者而不知恥則幾不知（非）人矣士縱不念先王之紀而悼道之鬱滯獨不為己之身心性情地耶

根源盛大異日當與南豐臨川代興矣　李厚菴先生

取鎔經意亦自鑄精言是謂作者之文數十百年無此也　劉北固

從小學說來發得所以然與然之然成之故最透通體以灝氣舉其精理根柢槃深枝葉峻茂故不得不以此手相推　張彝歎

興於詩立於　三句

聖人敘學者之所得而各原其自焉蓋六經之道同歸而詩禮樂之用尤切觀興立成之所由而人可以不務學乎哉且先王設教以牖民蓋無日不取其身心性情而陶冶焉其始之多方以博習初不必明其所以然而至其久而有得則身心性情之變化於所學而不可誣者有一一可以自驗者焉何者好善而惡惡人情也不學之人未嘗不感發於須臾而境過則情與俱泯非真能興者也若夫詩之教其本在於正人之心而其端在喜怒哀樂之際習其詞則相迎以解按其意則一往而深不獨忠孝貞良隨事而有發人之歌泣即山川草木無情而亦動人以流連故夫學之始

好惡不愆温柔敦厚而有餘於情者必於是焉得之也無偏而無倚人道也不學之人未嘗無天資之強毅而師心則動過於中非真能立者也其本在於養人之性而其用在視聽言動之閒而探其原則依乎天理尋其類則即乎人心不獨賓喪戎祀有所守以存天地之中即動作威儀亦賴其閑而無外物之誘故夫學之中强立不返齊莊中正而無愆於度者必於是焉得之也至於純粹以精合同而化者道之極也為學之始即務以撿束其身心而强合則道非在我未可以為成也若夫樂之教其淺在於移人之情而其微通於精爽神明之際鼓天地之化而執其機應人心之動而成其變正聲所感鬱者安暢盡而天機自張神氣所運薰然成和而

百物皆化故夫學之終和順積中内外醖備而無可瑕疵者必於是焉得之也所以養其生質者至詳且密故其積厚而所成者多宏潤深遠之材而且豫於幼學者以漸而深故其力專而所養者有轉運密移之候世有篤於學而終身不厭者身心性情之間當有驗之而不爽者矣

數百言耳而于三經之义先生設發之旨学者進修之事亭子而皆獲究子而皆以考子而皆当究深自以之汝不能若此 汪玉曾

海寧許公視学江右时余在京师公遣宛平夏先生書稱為江东第一能文之士还江南謁公于澄江未尝执诸生之礼稱謂用以進所施于先生達者越日公招使院同謁者聞之大駭余乃自悔失礼而公愛余益厚居门

六十乃莫辭先子癸未榜揭公見韓城先生言闈中得膺九彌卷滿懸事
未有陶鄧氣必海内老学细叩則余文也二場屡對工者尚辭舉其問余时
南归薄遊未得從見踰歲而公出理北河無見期游必屡曰为我语方且家貧
款老乃为举世暢之体蓋感公相责之语而自悔曩者雜文之未不好之文以
與群士競得失將以为名耶何所見之小也今年入試礼部易为屢懟明審也此篇
乃臨場揣摩之作如并所由以識余之鄙劣而致为賢者所為重益深惧又
世以稱手

子曰禹吾無間然矣 癸未遺卷

夏王之德之純聖人所深與也蓋惟德之純而後使人無間焉此夫子所以有意於禹之為人也且世嘗謂儒者之責人過詳而不知非過詳也道之在人本無可間故聖人之盡道而無虧者必求其詳而後其全體始出焉吾以得於禹矣蓋自治者必於其間而治之精神有忽而瑕隙生焉謹持於此然後存於心者不息而被於事者有常觀人者亦必於其間而觀之毫釐不失而權衡得焉弟舉大凡則疎於自治者有遁情而容於自治者有匿美至於禹則無吾間然矣統承二帝之傳其盛德大業有夐絕而難為繼者尚論者於此非持深苛之論即懷輕重之思而惡能滿志也乃

觀於禹則其道相師其德與功相為始終而不見隆替之迹豈非惟精惟一之有以預絕其萌歟身底平成之績則任重憂深有未暇及乎其餘者尚論者於此豈[雖]懷震驚之心亦設寬假之見而未敢備責也乃觀於禹則其德愈遠其心與事益以競業而絕無濶[闊?]畧之端豈非不矜不伐之有以盡弭其缺歟道之體無在而弗充有斯須之離即不能滿道之量雖合者十九而究之於道有間矣禹於道之在物者任其所值而不違故道之量至禹而無憾而論道者之心亦至禹而無憾也心之體無時而可息有出入之候則無以盡心之理雖旋復其常而此時之心有間矣禹於心之體事者一以致之而無二故心之德至禹而無歉而觀禹之德者亦自覺其

心之無歎也。殷周繼起。而世乃傳有救弊之政。於此見其道之無疵。天地爲官。而帝獨以其不息爲功。於此識其心之獨謹。故夫聖人之德之純者不厭於尚論者之求詳也。

此題別尋議論則失于支 籠罩下文則若干犯 惟此毫髮無憾所謂句心者　刘大山

探題之奥 筆之正鋒 前輩中絕審細文字 百十年來弦成絕响　喬介夫

子畏於匡　全章

道在而天可必所以無畏於暴人也蓋天無喪道之日也使終欲阨於匡即奈何以斯文相屬哉且天之生人苟有異於衆人之為人則必有事焉以命之其所為者未成未有使之漫然以死者也而况聖人乎故子畏於匡而不禁慨然曰自古聖人之道施於當世則為治而留於後世則為文聖人既遠則其治不能不衰而其文亦不能不晦事有所返時有所極數百年之中不有人焉起而繼其治則必有人焉起而紹其文是故道之不容盡泯而天之猶有可知者也蓋自文王既没周道衰微斯文之放佚湮沉而無所底麗者蓋數百年於茲矣生吾前者吾未見有修明而整復之

者也與吾並世而生者亦環視而無人焉而斯文之岌岌以就滅微者又不可以遷延更有所待自今思之其不在茲乎夫丘向者固嘗有志於斯文特以謂吾之得吾志失吾志尚未可知使吾之志可得則文王之之（道將）下得（復）見於今而何必汲汲於此哉故雖心知其意而實未嘗與其事也使匡人克遂逞其志而吾身泯焉則雖欲興於斯文而不可得矣是天之將喪斯文也夫人無所不至惟天猶可信以予所遇者觀之謂天能大興吾道而使丘得所願之（于）時所不敢知而謂其使吾身泯焉斯文喪焉非惟無所得於今並將無所傳於後天之生丘也而命之如此則丘之所能必其不然於天者也夫自古仁聖賢人遭時不遇而阽於危死者有矣然若是者

天蓋以死成其人而非使之漫然以死也使卬死於匡人而豈天之所以

命卬哉雖匡人之悖能違天乎而如予何哉

苦心獨造之文不知其方忽為平深 徐子樾

其聲色臭味之可尋獨存其滲於而清其所謂精氣入粗穢除也 劉大山

練心大清俯視八極曲於不形而神不可以文字求之也 劉月三

高視遠舉脩於埃壒之外 韓祖寄

固天縱之將聖又多能也

聖之至者有其本所兼不足以名之也蓋夫子之縱於天者徒聖不足以盡之至於多能則亦其聖之無不通者耳此可以解太宰之惑矣且不知天者未有能知人者也凡人一才一德之出其羣亦可以為天之所授而况聖人之為天所厚者乎苟不能深探其本而漫於行能之小者窺之是昧莫其實之所至而稱名亦未當也故子以夫子為聖是不待言也即以夫子為多能亦非不爾也而獨以多能為聖是不知夫子之所以聖與所以多能也蓋人之生而聖也天為之而夫子之聖也天實縱之人之於聖而道無可加者其量有以限之也昔之聖人其知非不盡其行之非不至

也使無夫子亦似道之量無可加而夫子於知盡行至之中更有深閟而不測者焉天固未嘗閟道之量而使羣聖人不能至也而夫子有加焉是天於夫子若恢道之量以恣其充衍而朔為大成之局也人至於聖而質無可加者其分有以限之也昔之聖人未嘗不生而知之未嘗不安而行也使無夫子亦似聖之分無可加而夫子於生知安行之中更有神化而不可名者焉天固未嘗靳聖之質而使羣聖人有所歉也而夫子有加焉是天生夫子獨竭其資以任其取携而表為生民之盛也唯其聰明為天所縱故天人性命既已不思而得而觀於小道往往觸目而知其數入耳而會於心而旁通不滯焉唯其材力為天所縱故道德仁義既已不勉而

中而方其息游往往藝有执而必精物不習而皆利而兼體不遺焉在夫子道無不貫則盡其大而不遺其細執其粗而以得其精其所以多能未始非所以聖而論夫子者則不可不知其聖之縱於天與多能之異於人也在天於夫子獨致其隆故使倫羣聖之道而無所遺因使盡生人之能而無所缺其縱夫子以多能未始非縱以聖而論夫子以之聖則無所能而不為損能雖多而不為益也自我觀之固天縱之將聖又多能也苟昧其本然震其末迹而以小者名其大者則於夫子為失實而於聖為失名豈可以弗辨哉

平平寫去氣極深渾巧者出此皆尖削矣　緯祖昭

無題觸手皆俗，又獨無清思奧旨滔滔而出，乃知每題必有正義，為俗學所封耳。張英識

仰之彌高 全章

大賢體道之深故始終嘆其難也蓋大而化者聖人之道也宜顔子自序
其學而終嘆其難幾也哉謂夫學者之求道也非艱苦備歷而無所入不
知聖人之教之切實而可循也非體驗積久而見之親不知聖人之道之
神化而難幾也試即回之一身而察之凡數變焉其始也見道未真故入
其中而茫然將觀其外而駭然求道雖切而心困於所欲知力屈於所欲
能第覺道之無有窮盡而高堅者窮我於仰鑽焉第覺道之無有方體而
前後者迷我瞻忽焉使無夫子之教則亦將終焉耳矣而子則按其節次
以易其迫而過苦之心達所固有以振其畏而自阻之氣益循循乎其善誘

也。自夫子博我以文。而後知道之散見者。精吾知以察之。在在可以相遇。而吾向者索之虛空。是以徒厲其心。而高堅前後之卒無以所據也。自夫子約我以禮。而後知道有歸宿焉。斂吾心以體之。息息可以自驗。而吾向者求之汗漫。是以自棄其力。而仰鑽瞻忽之卒無所歸也。由是而向之心苦其難者。至此而欲罷不能矣。向之力無所置者。至此而才可自竭矣。於是乎有得於博。而自詩書禮樂以及於象數方名。皆若有會於一原者。顯為的於心目之際。有得於約。而自人倫庶物以及於動靜語默。皆若有立乎大本者。於全其質於日用之間。回於斯時。未嘗不斷然有無窮之心。而庶幾與道為一也。然彈心以測之。而惟恐大原之或昧。何由與不思而得者同其神乎畢力以守之而惟恐大本之或逾何由與不勉而中者同其化乎是非予之不自竭力也道之體如是而非夫子之誘之所能為也夫吾向者艱難而莫達恍惚而無憑亦自以為終焉耳矣乃幸賴夫子之誘以自竭而遂有卓爾之期今雖欲從末由而以視夫向之一無所入者何如也不知過此以往敢謂其不可以速化也而隳吾力哉

字字相生字字相顧神情領會心手俱泯荆川先生而外未易相擬也　唐季子

反古曰改不滞曰變仿想摹先生不能自出新意未免有燕石之誚矣

讀此文當玩其反古而不滞處　允拱樞

有美玉於斯 全章

觀聖賢之論玉而知處玉者宜慎也蓋子之玉固未嘗藏也特善賈未之或至耳求而沽之孰若待而沽之也哉且賢人君子之處於世有以應物而無求於物者也自負其美者皇皇焉急於自售而賴其用者反若有所挾以相難凡此者蓋成於不忍自棄其美之心而不知自棄其美也亦甚矣維賜於吾子行藏之際蓋幾營度於心而輾轉不能自釋也故其言曰天下之物屈伸隱見亦惟人之所以置之苟於世無足重輕則其陳於肆（市）市與置於匱中等耳有美玉於斯而藏與沽何可不早自決哉夫子曰嗟乎賜乃以予為藏之也乎以玉輝然外見而韞匵之以鬱其奇既有所不

必以天下急於所需而顧艱之以窘其用亦有所不忍沽之哉其誰以善價來者耶凡物在人耳目之前者夫人而知其美者也而非常之物知者常希有不能旦暮遇之者矣其知者則什襲而珍之其不知者則猶泥塗而棄之也雖吾不謂天下終無知玉者乃方其未之或知而出以相示則彼不疑吾玉之有瑕即疑吾賈之未實而吾能無暗投之恥哉凡物利於尋常之用者可終朝而得其買者也而希世之珍不可近玩有措之不知何地者矣懷寶者以為世不可無而掾賈者且謂吾固無所用之也雖吾不謂天下終無用玉者乃知當其不知所用而迫以相就則彼或賤買之而惜其資或小用之而傷其質而吾能無輕擲之悔哉蓋藏則吾不忍言

而沽實非吾之所能自主也我待賈者也如賜所云求毋乃自喜其玉之甚而過為不沽之慮歟亦何其待玉者薄而所思者淺歟蓋吾子之於玉也處於藏與沽之閒惟世無以善賈來者故其迹近於藏而不知其為待也求以為沽沽之頃豈復有玉哉夫自三代而下行藏之義不明士自輕其身而天下亦不得其用皆職此之由其可慨也哉

着筆都在首句鑄思造句一語足敵千言 刘大山

中副收語侃侃計功謀利於借俗情以詁聖諦固宋之以來作者所不屑也

刘月三

有美玉於斯 一節

觀聖人之處玉而玉乃得自完其美矣蓋子之於世其皇皇也似欲沽其介介也似欲藏故子貢以為疑而不知介於藏與沽之間所以為待也且物之凡近而無奇者往往循分以自置有異材焉將惟恐人之或遺而僾然如不終日矣夫僾然如不終日而惟恐人之或遺雖以施於不甚愛惜之物而輕擲之猶有不可而況其有異材者乎夫君子之處世也如玉之韞於匱中焉吾知其美足為世用而又不匿其美以恝然於待用之人而吾事畢矣其善賈而沽之乎吾不得而知也其終韞匱而藏之乎吾不得而知也而自子貢言之似藏與沽不必聽於人而直可決之已者一於藏雖

有沽者而亦藏一於沽雖宜藏也而亦沽何其隘哉夫子曰賜乎藏而不沽而玉毀不用乎何忍言獨奈何有美玉於斯而子若蹙然無所以置之也夫沽之豈非有玉者所深願哉而善賈夫豈有玉者所能自主哉非不欲人之知玉而不能强不知者而使之知非不欲人之用玉而不能强不用者而使之用則亦惟待之而已矣非曰物情好反投之者急則應之者疑而故難焉以為要重之地也彼方漠然無情雖薄取其讎而豈有合哉待而不來是世不應（獲）玉之用而吾所有未嘗去也人不以失玉為憂而我乃代之汲汲乎非曰屈伸有時躁者未必得而靜者未必失故姑任焉以為達觀之見也夫豈無捷得之徑為世所爭趨而豈可蹈哉我不能待是

我不復有以自珍，而所為美者已先盡也，人又安能以萬鎰之資而市不珍之物乎？賜乎！有美玉於斯，吾願子之少安而無躁也。夫行藏之義之不明也久矣，懷寶者汲汲而求之，操買者漠然而待之，人懷市心，而交不以道，此中豈復有玉哉！

此題末句神理殊難着筆，文於一切尋常之解刊落都盡，苦心孤詣。

此題宛轉不得，聞清歌喚奈何也。刘大山

子曰語之而不惰者其回也歟

大賢之善學惟聖人知之深也蓋七十子之徒成德達材豈皆語之而惰者而夫子獨許顏淵為不惰此可以思矣謂夫二三子日從予遊而常以我為隱窺其心若深惜乎予之無以語之者然未嘗語之而二三子若有惜乎於予既以語之而予轉以自惜也夫二三子之從予遊者非一人予之與二三子語者非一日矣然使予追思之而不自惜於心者獨何人也顏氏之子其庶幾乎夫子所以語回者未嘗異於所以語二三子者也凡有志於天地古今之際者予未嘗不明其義以興其勸學之心也凡有事於人倫日用之間者予未嘗不陳其方以作其自前之氣也凡吾有以語之

者皆欲其亹亹於吾言而不惰者也而不惰者雖鮮蓋二三子之聞吾言也其患有二其或有高視吾道之心徬徨於其外而不敢自任也彼先挾一自惰之意以承吾之言而方吾語之之時已知其蕭然頹然而不可抵振矣其或有篤信吾道之心艱難於中而不能遂達也彼且外假吾之所言以自策其惰而其不惰之志亦有數前數却而忽不及持者矣而回皆不爾也吾想未嘗語之之時回之心必有幾幾其欲萌者而吾言特適然而與之遭也回之心既幾幾其欲萌雖終不語之亦將久自而悟而一旦迎其所欲然遂不覺如嗜好之不可已也夫人有自趨其嗜好而倦而思者乎吾想未嘗語之之理回之身必有隱隱與之合者而吾言時從外而爲之証也

回之身既隱隱其有合。而未嘗詔之。無以得其所歸。而一旦指其所由然遂真知為性命之不可離也。夫人有自安其性命。而久而欲息者。予益同是說也。或百思而猶眊然。或一聞而已了然。眊然者惰。而了然者不惰矣。同一境也。或蹈之而不勝其苦。或由之而自喻其樂。苦者惰。而樂者不惰矣。語之而不惰者其回也歟。不惰可幾。而回之不惰不可幾也。回之所以不惰不可學。而其不惰可學也。奈何予二三子日從予游。而使予追思所語而不自惜於心者獨回也哉。他日者顏淵既歿。而曾氏子之學以真積力久而得之。其殆聞斯言而興起者歟。

語之而不惰同於行上是於所不惰卻從知來饒双峰謂其心解

是以力行是也此文就知上扶出所不惰之故識解既高行文更有正
希先生筆意　汪圭曾

子曰歲寒 一節

因時變以驗人心而知物之貴於自立也夫有後彫之質以與歲相守而寒不能傷則不知何病不知然後見松栢耳且人世何知受知之分惟吾自決耳吾急欲人知而人竟知矣吾不欲受人不足重之知而人亦不知矣而亦非終不知也其藏德深者其收名也遠旦暮之間囂然自炫雖不為一時所困亦必無千古之榮也若松栢足貴矣焉今夫雨潤而日暄者不多得之時也朝華而夕秀者不可强之實也庸耳俗目混濁而不分者不可覺之勢也孤堅之質雜於衆芳之中當蒙昧之時而決得失於衆人之目者必不縷之數也雖然徒患不為松柏耳果松柏耶則必有後彫之寔

矣果後彫耶則亦有歲寒之時矣何事人知亦何患無知哉時者世之所爭方其忻於所遇物每善呈一日之知以邀人以顧盼欲其少待而有所不能而不知其為菁華衰竭之徵也斯時有偃蹇岩阿坐視夫競謝之榮而默以自喻者其積乃於此厚焉名者實之所附方其真是未明人每易徇目前之好以助其浮華與之深言而有所不悟而不知其有情見勢出之日也乃獨有孤芳自賞發聲於衆譽之外以見其真者其論乃自此定焉爭妍而貢媚彼亦一時也第不堪使榮華之態與摧折之情並舉而懸斯須之頃淪落而幽貞依然如故也而第不堪以落寞之情與咨嗟之態並譽而問一人之心嗟乎第不易不為松栢耳茍非松栢而舉世之相視

茂如未有不轉而自疑者也乃後彫者松栢之質而不知其後彫者未歲寒之心人人自無知松栢之才人自不應收松栢之用而松柏何傷焉而何媿焉茍非松柏而一時之聲價赫然未有不為之心動者也乃後彫者雖一警悠悠之目而歲寒已終無可轉移焉方其追恨於人心之蔽方且不勝其世運之悲而松柏何榮焉而何幸焉嗟乎此之謂松栢也

一往幽雋無所依傍駸駸乎入嘉魚之室矣 劉若宰

為松柏寫出全身悲壯蒼涼可歌可誦 汪玉叟

子曰歲寒　一節

松柏有不欲受之知可以觀世矣夫歲既寒矣後彫亦何事人知乎此松柏之窮也且千古志士仁人困於人世之無知而不能以自白者多矣乃以人世之無知盡昭然於志士仁人之心而悔其從前之誤則時事可知也何者歲寒然後知松柏之後彫也天亦習見夫靡靡者之相爭而未有已也彼其天資媚弱既易得人憐而時復助之轉使幽貞者自比於不材而黯然無色也於是不勝其震怒之心以快之於摧折使人百不能支而向之寂寞山河者乃不言而自異天亦習見夫昧昧者之相蒙而不可破也彼所極意綢繆大都速敗之質而時復蔽之殊受耳目間更無一物焉

而足加愛惜也於是一假芟夷之力以驟振其昏愚使之肅焉易慮而向之風塵淪棄者始嘆息而稱奇物莫不屈於不知而伸於知而松柏之知獨不可以言伸彼既負不彫之質使早有人焉滋培而護恤之其增榮宇宙尚復何如豈顧於蕭條剝落之會一蓋憎者之顏哉歲寒之景既令人不忍見後彫之狀尤令人不忍聞徒使抱奇者搔首於彼蒼而已矣人莫不以不知為昧而知為明而人之於松柏則以知而益其昧方未及歲寒之時塵埋異物近斥而遠遣之其釀成禍亂已非一日安賴於時窮事過之餘一寄欷歔之泣哉未寒之先不知固無如人何既寒之後知之又無如松柏何徒使論世追恨於終古而已矣故夫松柏之遇最上者未寒之

知次則終於不知最下者則以彫之後而得知况猝遇斧斤未及於歲寒而
中道夭者豈少也哉甚矣松柏之窮也

悲壯蒼涼意趣象表　劉海峴

此靈皋少年作於其胸中已充實如此

悰辛未秋余初至京師偶思此題成之文言潔詒孫二君子深許之遂訂
交余每以文出必詣二君子二君子以文出必過余問難竟日往往廢其所
事而歸壬申冬言潔還錫山引余至其寓戒以植志行身之事相語至
夜半已寐詒起坐達旦既歸詒余家逾歲又遺書過予言桑以所交
癸酉秋詒孫還青陽余與共乘單輪席車

可與立未可與權

聖人慎言權雖能立者不輕與也蓋未至於能權則所立之道猶未至也而要豈可輕與哉且聖人道天下以經而必極於權非謂不易之理至是而可以變通謂不易之理必如是而後得其歸宿也而可與立者至此又恍然失所據矣夫天下惟能立者可與言權為其本得而不至於歧趨也而能立者仍未可與言權恐其誤用而反失其故轍也有一定之方而後可立而權則無方也情形互冒而其用不可以通彼此互違而其趨未常不合未得所歸何所恃以守守有已然之迹而後可立而權則無迹也欲往從之而其進也無所依離而去之而當其時亦無所鑒苟違其候豈可

迫而取乎理勢之窮而權生焉苟移於彼而不為非則第至於此而猶未為是也此為行其所安自彼行之而更有其可安非接而生時於心者吾知必毫釐失之矣精微之盡而權得焉其分不可知而常以意制之又非可以意處而寔有其分也得之者不待告告非其人雖言而不著即信道篤而自知明者吾猶將徘徊俟之矣自古非常之原黎民所懼而聖人處之不啻日用飲食之安人以為聖人為天下而達其權聖人以為為吾身而盡其經彼抱咫尺之義而終之者夫孰能決焉堯舜三代之軌百世所師而當其作始實兩托是非之界迨其後羣奉為經之正而幾忘聖人始用其權之難彼規前古之迹而就之者其孰能道焉夫立者知經而有可

以權之具也地必相近而後可不可之明生惟能立而後知權之難亦惟知權之難而後可以權望之也彼世欲自託於權者多矣抑知可與立者而猶難之如此哉

方之荀子則鋒更銳方之韓子則文詞精豈可於八股中求之 韓慕廬

皇甫湜稱韓退之之文栗密窈眇章妥句適精能之至鬼入神出時文中足當此數語者其至是卓乎 仲礼执

子曰先進於禮樂　一章

聖人欲用禮樂之中而不牽於時論焉夫世無樂為野人而不樂為君子者則其從後進而不從先進也固宜觀夫子之所用可以爽然失矣且風俗之變先王所不能預為謀也人情無不厭故而喜新而復以一時之議論奪其信古之心而遷於時好士生其間安能顛倒任時違初心而失作者之意也吾觀今之論禮樂者而不能無異焉夫禮樂者先王制之而後世從之雖百世不易可也自今之用禮樂者皆後進也於是乎有先進之禮樂焉有後進之禮樂焉以後進而言先進則以為野人以後進而言後進則以為君子蓋俗之淪胥而是非之失實也亦已久矣吾嘗切而求之一人一家

之事其父兄之力勤而守約者大都無所芬華而子弟以風流相尚遂漸覺先人之迂曲不近於人情則夫上下數百年之間其流失更可知也又嘗近而徵之一鄉一邑之間其長老之談笑而嬉遊者大率見聞皆古而少年之潤色為工竊以為上世之衣冠不宜於大雅則夫邦國朝廟之間其變遷更可想也甚也目擊近代之風而慨想先民之業縱不能使天下之後進由吾之說以易其趨而揆其所用亦竊有志焉夫萬物之數之餘而未有所終也其勢將日加焉而不能已節文度數之中皆今人之所謂極簡略者皆昔人百慮圖之而未及者也吾非敢以鄙野倡天下第覺先進之禮樂已彬彬乎質有其文而至今卒無以易焉耳天下之變之窮而

無所復入也其機將自返焉而不能留文勝飾窮之後舉天下所相視為固然者忽焉以淡泊之風而轉覺其可味也吾非敢以私心易天下第覺先進之禮樂又寥寥焉當代所希而末流亦終於倦焉耳自吾思之舍先進無從也夫先王以神聖釐定之物數傳而後不能不敝於流俗之譏評而吾欲以一人之力挽其所向而使之從風亦知其難然非先進之從而避野人之號標君子之聲則吾不敢則吾不願也

幽深曠逸矯於扶羣正今日餘自開風氣者乃以名字之累羈縻駿足為之慨嘆　本房暢素菴評

於古文大家伐毛洗髓脫盡藩籬獨存神骨正昔人所云前未有此作耶

為法也吾友東蒼暢先生闈中拔得是卷余一見擊節快賞屢日以問

字句被斥擯闈後知為方子靈皋來謁首賀余得宜興儲同人因具言儲

同人學老文館負法者宿望但同人遇而靈皋獨將不收也豈臂九折而

成醫天固欲使靈皋為同人耶春秋房廣蓮山

棘子成曰　全章

文質之說兩賢俱有未當也蓋文以輔質盡去之則失而等視之亦未為得也是惡可以定文質之論哉且君子當時俗之流而觀質文之變蓋有不能自已者焉其一時相與論議或憂思而發為感慨或平心而有所折衷莫不自以為至矣乃以己意為衡而不求理之至是以合諸先王之大全安在其能無弊也夫生民之初質而已矣聖人知其徒以質行而其質亦有所不達也於是乎制為緣飾之用以載其性命之情而其隨世而變因漸而加者亦遂浸以繁多而不能復返於其始是其本末先後之相需而不可偏廢者也在周之衰而文之弊極矣故棘子成者悄然傷之以為君

子任質自然而何以文為也斯言也豈非君子尚質之心哉雖然以為後起之數鑿其本根而思去之至於一切去之以至於蕩然而吾心亦為之不適方其未嘗有是而以為固然故相與安之至於既已開之而禁之勿用則其勢將有所不行心之不適而勢之不行棘子雖獨能任之奈天下何宜子貢之瞿然惜之也而惜其所以折之者則曰文猶質質猶文所以喻之者則曰虎豹之鞟猶犬羊之鞟嗟乎棘子成不宜易其言而子貢之言亦何容易哉窺先王制作之心則或抱為根源或由是假道既不能盡泯其低昂論末流補救之道則宜重內而輕外無務華以絕根亦不得漫無所左右且夫君子之與小人異其質而文附之者也虎豹之與犬羊異

其鞹而文從之者也使君子去其文而無異於小人不可以為君子使小人舍其文而無異於君子不得謂之小人且既同為鞹矣而猶别而白之曰虎豹之鞹焉曰犬羊之鞹焉則雖去其文而其之質不能混而同者可見矣故君子之為説也要於理之至是而不求苟異於人子成之説異於衆人矣而見病於子貢子貢之説異於子成矣而於先王之道本末先後之間參差而不能盡附也文質彬彬然後君子天下靡靡入於衰壞而學者不見先王之大全各持一説以為宗往而不返其終能以復合哉

節奏與子固為伍尤可敬此一往精粹務篤不作李厚菴

根據朱子意旨發得精透而筆力馳驟則尤躋躡於蘇氏之庭劉大山

質直而好義　三句

觀達者之心而知其責己之詳也蓋出於身者如此而接於人者又如彼其自治不已詳乎且達也者理之可通者也而必先求其理之可信至於求信而內自身心性情以及周旋倫類諸所為不可自信之形常循生迭起而兢兢焉中自刻苦以求免於過而不可必得矣而奚暇外慕乎故吾觀達者之行而知其初無達之見在其意中也使有意於達則必以英華為附物之資以曲折為便人之術而不知務於華者必絕其根惟質可久也詭於外者必傷其中惟直可安也以天性自遂不諂於俗而心亦有以自居以無妄與人縱無可歡而情不至於獲戾資之近者可沿而習之離者

可復也如是則內行立而可以宜於世矣雖然難言也凡人見他人所行之義而莫不暢然似好之者多也乃試諸其身而不必爾則好之之難也蓋非盡屈其私無以軌於正義故必得于天者獨異而後欲罷而不能非心知其意不能服以終身故必喻於學者既深而後更端而不倦彼質直者既端其本則所動不遠乎中而自謂無他或遇事直行其意今有近義之資而復有好義之實如此庶幾不疑於所行乎雖然義非一人之私義而天下之公義也人無論賢愚其心知皆為理義所不遺故以之鑒物則必悉己之有真妄其形著而動於人者為難掩故用以自鏡則甚清然而人非與我相愛之深未有直攻吾過者也其微發於言與色之間者非察而

觀焉斯交臂而失之矣況我有使物可畏之氣則人又有深匿其情者也慮以下之而使不吾忌則言與色之閒吾亦從無而得之矣此皆達者好義而不敢自信之心所迫而出之以全其質直之性者也

精語層出不用鈎連而氣脉凝結為一其原蓋出於荀子　韩

善人為邦　全章

聖人思善人之治而歎古語之可信也蓋勝殘去殺善人猶俟之百年而謂易致乎古語誠信而有徵矣且德教積而民氣厚刑法積而民氣衰刑法之積既深則非德教之積亦不足以易之今天下之網益密矣而民之作姦者亦衆矣始也以多殘而極之以殺繼也以亟殺而益生其殘不獨上之致罰有詞即民之即刑亦無説也而不知殘之可以勝殺之可以去也獨不得善人以為邦耳雖然難言矣狹隘酷烈盡去夫先王所以致民之具使罷然大喪其樂生之心而甘於自賊則其氣之傷者不可以驟復而性之激者亦不可以驟平優柔馴擾亦一反乎末世所以防民之術使

油然自悟夫名教之樂而君子自為則其事非一時所能效而不得不迂其程其功非一人所能收而不可不善其後人亦有言善人為邦百年亦可勝殘去殺矣此葢望治之深哀亂之迫而不覺其言之悲也葢殘之生也幾何世矣殺之積也幾何世矣哀惡之氣之入而為主者反覺源遠而流長則雖休養數十年教訓數十年計其漸民猶不若曩者之久雖或僅以勝之而猶幾幾乎未可必也而天之生善人也鮮矣善人而得為邦者抑又鮮矣肌膚之痛之迫而無告者求緩須臾而不得而欲上歷其祖宗下逮其子孫互相表裡如出一人之心而無有異而敗之者此又必不得之數也貪殘之肆於民上者百年世濟其兇而猶若未厭仁賢之足以庇

民者一日安於其位而有所甚難不獨人謀之不臧天心亦何其痛而不德也由前而觀恨不得生其時而相與浴沐詠歌於其間由後而觀其事既不可期而又不能留吾身以有待日觀民之居此世者亦安能忍而與此終古也誠哉是言也安得聖王有作大治濯俗而風動時雍使羣生指顧而見太平之日也哉

從聖人立言時心目中體貼摹寫末句不待揚抑而意常見于言外

韩慕庐先生

如有王者　一節

觀天下之不易仁而愈思王者矣蓋王者而必世然後仁則人心之變深矣此夫子所以言之而滋慼歟且世變愈甚而成功愈易此言夫撥亂反正致治平者之大畧也若夫人心幽隱之地欲為導迎善氣以復其初則必視其陷溺之淺深以為遲速雖聖人亦有無可如何者矣今夫天下之不仁極矣上之人淫昏悖亂以從其欲而篡弒之迹襲焉以為故常下之人辛苦仳離以棄其情而倫紀之間泛然一無可恃此非一二賢人君子補苴於一時一國之間所能盡其根源而絕其流蔓者也如有王者體弘而用博氣盛而化神庶幾計日而見至仁之象乎雖然難言也王者之仁

天下有其道而道固不可以驟成也狹隘酷烈之餘先王所以致民之具掃地盡矣不經其兵戎衣食以漸養其孝弟之源而遠及於興禮和樂浹於肌骨之事為之者且自覺其不情而況計其成效也歟王者之仁天下以其德而德亦不可以驟感也政散民流之後生人所為邪薄之氣植根固矣非使之蕩滌蘇息以漸復其清明之體則所道為德仁義幾若其性所本無而駭然不知為何物況欲其俄而徧德也歟蓋言及於仁則非徒一時之興感而欲其久安焉而欲其實有焉故必漸推漸滿使物受之而不能知而無迫要之術苟非王者而欲天下之同風固將當年莫竟焉而遲世莫窮焉惟至聖至神炊絫萬物而無其迹故猶有可程之期必世而

後仁蓋斷斷如也嗟乎古之帝者時雍而遍天下者無論矣在周之興我先王受命惟中身而化行俗美者且數年仁天下何若斯之易歟由今以思非其善之逮下者神猶其惡之漸民未久也由今之俗繼今之治豈能然哉必世以為期雖王者而猶若斯之難亦惟王者而後若斯之易也夫王者不可期有王者而必世之仁亦不可待然則及吾身固不及見人民風俗之美也矣

玩此有語氣似非通論自古王者解題獨以而行文牢刺堅銳亦能自暢其說獨闡真諦理醇氣厚非經生家言　吳思之

定公問一　全章

決興喪於一言於君心驗之也蓋知其難則其興也勃焉而逞其樂則其亡也忽焉豈謂一言而不足以決哉且天生民而立之君蓋以至難之事付之而不知者則以為至樂之地而吾居之也夫古之聖王違己之情以從民之欲所以難也後之驕君執人之口而不欲違己之言所以樂也興亡之機在是矣夫天下未有一言而可以興邦者而亦有之為君難為臣不易之說是也耳目口體之所安者匹夫由之而泰然無患也君人者少寄意焉而遂以成禍亂之階喜怒哀樂之所發者常人過焉而害止及身也君人者少自任焉而遂以棄天地之性古先王克謹天威畏於民嵒而

欲其臣之交修而罔棄者此物此志也為君者知此而邦之興也勃矣然為君者知此而無樂乎為君矣何者人之所樂乎為君者惟其言而莫予違也嗟乎安得此亡國之言哉蓋人之言未有不自以為善者有違之者而後知其不善耳言之不善必有能違者而後可返即言之皆善亦必素有能違者而後可信且君之於臣欲其莫違予亦易易耳左右便辟莫不私君百官族姓莫不畏君誰敢違者此亡國敗家之所以相屬也夫人君之惡違其言者非惡違其言惡違其欲也耳目口體之所安者不違而君志荒喜怒哀樂之所發者不違而民生瘁矣而為君者非是不樂也未有以君為樂而不亡未有以君為難而不興者此為君者所當知而責難於

君者之要術也

減盡筆墨痕迹而行文更古健絶倫　汪玉育

不得中行而　一節

聖人難所與而深有意於狂狷之人（為）焉為蓋能進取而有所不為則進可為中行而退亦有以自處舍斯人而誰與哉子若曰道之有中也所以盡萬物之理而不過也雖有過人之才不可拔之守而猶未能即合焉豈可與世之擬擬者言之乎蓋自先王之道化既失而雖有秀良亦不能詳密優柔治其內外身心以歸於道而學者之自治甚疏大端不失遂任其有所出入離合而不能損益變化以規其成此中行之所以不可得也雖然不得中行而與之而終豈可以無與哉與之則必其可至於中行（者）也故夫形迹之際非所求也必其中真有與之相似者而後有砥礪磨礱之地與

之又非能必至於中行者也。故夫成德之期不必言也，即終無所變而故有可以相恃者，而後流從墮壞之憂自吾思之必也。狂狷乎狂固行之過於中者也，然所取甚高，而意中若不可一世，使能自抑其矜心而相扳於大道，可以動而處其中矣。即不然，亦不失其為狂而不至如衆人之墮且棄也。以其能進取也。狷固行之不及於中者也，然中自刻厲，以卓然於汙俗之中，使能擴其所不足，而增其所未高，可以力而造於中矣。即不然，亦不失其為狷而不至如衆人之流且放也。以其有所不為也。吾嘗得之夙昔從遊之士焉，為狂為簡，真吾徒也。嘐嘐者其志，踽踽者其行，吾所以顧而樂之，而又復不釋於中者，以吾之所望不止此耳。又嘗遇之邂逅風塵之際矣接輿荷篠亦其侶也其志孤以達其行潔而芳吾所以曲意從之而不忍與之遽絶者以其人正復不可多得耳嗟乎世之以狂狷為譏者徒謂其行之不軌于中耳然趨異而塗實同地懸而類則近當吾世而無中行者出也當吾世而有中行者出焉必自於此不自於尋常之徒也夫不與其人則孤與之而非其人則亂吾豈可以不慎耶

深得韩柳集中一種清削之氣非淺學所能作尋而得其味者韩

古之學者　一章

觀學者之所為而不能無古今之異焉蓋為人則失已非學者之本指也有志之士其將何從哉且天下事未有無所為而為之者也無所為而為之者其學乎非謂其無所為也謂其皇皇以求而不已者夫皆所以自為之事而與人無與也雖然此亦第古之人則然耳觀於今而感慨係之矣何者學之事古今人同焉者也而學之心今人與古人異焉者也博涉乎詩書之途而一事不知則恥之恥之誠是也而或恥其心思之有所窒或恥其論辨之無所資生當聖賢之後而早夜孜孜以效之效之誠善也乃或效之以為彼能是而我乃不能是或效之以為彼既然而我安得不然

蓋學一也而為己為人則異焉謂古人之智處其優而智亦非今人所少
也知其切於己而求通焉其用心必至將求勝於人而挾是以張之其用
心亦有無所不至者矣以今人工於為人之術而專其心以極理道之精
雖古人無以加而如其用心之異何也謂古人之業精於勤而勤亦非今
人所難也有所缺於己而求復焉則其力自生有所冀於人而假是以要
之其力亦不覺其何以信矣以今人迫於為人之情振其力以入聖賢之
路雖古人不難至而如其置力之非何也獨言而恐人聞獨行而恐人見
古人曰此中之甘苦得失己自受之耳而今人曰人之不聞而吾樂乎有
是言人之不見而我何樂乎有是行乎無求於人學且無味其精神有不

能作而致者矣已苟能是而必張之已不能是而將飾之令人曰凡人之耳目見聞皆可術取耳而古人曰已則能是人曰不能而何傷乎已則不能人曰能之而可信乎無得乎已所學何事其寤寐有不能暫而安者矣使為人者而生於古必衆疾其誣使為已者而生於今必羣怪其拙寧為令人所怪無為古人所疾也必盡令之學者而反於古乃可以清其源得一古之學者而立於今亦可以遏其流令縱不能清其源豈可導其流使轉盛也夫古今異變係人之感慨者多矣不謂學之中而亦有是也吾獨奈今之學者何哉

或從領或对舉或倒串或互說屢換反覆從是歸為己為人心術交交相

形而上真所謂力爭于毫釐之間而深明于影似之介也　汪武曹

子曰作者七人矣

聖人憂世之心於作者而一動焉夫人之作而可以計數者乃斯世不可多得之人也而能無心動哉且天之生人衆矣而異於衆人之為人者舉世數人而已然其厄之也如恐不克而所以處之者未嘗不同既生之而復棄之使其人亦悟天心之相棄也而羣自棄焉豈可以為天下之細故耶自吾周流以來幾徧天下凡材有可倚而志不自私者其屈伸顯晦無日不往來余懷也乃今計之而作者七人矣以生人之日尋於禍變而無所歸也有欲號呼以從顛蹶以赴者而身其憂者葢漠然也道足以濟之而無所施身可以狥之而無所補於是乎忍而斷焉以為責之無所與而

已矣以時事之日就於亂污而無所底也真有目不欲視耳不欲聞者而生其世者皆恬然也欲易其轍而力無可置日與之居而心又不能堪於是乎潔而逃焉第求身之無所見而已矣道之敝也舉世不謀而同俗奸欺苟簡以為中庸而愛之有賢者出焉舉事而皆以為不便發言而皆以為不祥於以執其手足燋然不能終日而潔身高蹈以自完者遂不約而同趨矣亂之成也彼蒼異事而同心仁義中正必有物焉以敗之一賢者立焉其上皆將執狐疑之心其下皆能奮讒慝之口使之觀其氣象凜乎不可久留而感時撫事以思避者亦異人而同轍矣以是知士有立艱之難也與余並世而生慨然有為而終竟甘於廢棄者已比比若是焉則夫上

下今古摧傷蔽抑以枉其材者又可勝道耶以是知世之棄人足憫也以余聞見所及中道自引而聲迹有可窺尋者已纍相望焉則夫山林巖穴枯槁沉溺而無所試者當復幾何耶謂諸君子之作為是予而滔滔者何所止擾擾者何所依也謂諸君子之作為非予而余之栖栖竟何所就耶安得聖王有作使諸君子洋洋然動其心而成其初志哉

此篇文必具古人心胸乃能為之非乞靈於左史莊騷諸書而能得其形似者也　劉言潔

子擊磬於衛　全章

以果為難者終未知聖人之心也蓋可已而不忍已不敢已夫子所為有極難者而荷蕢以果為難乎且石隱之流其所見未有不鄙者也謂人不能已而我已焉此獨可以傲夫利人之知以濟其身之欲者而持是以驕聖人則豈知聖人之難哉適自形其鄙而已昔吾子之擊磬於衛吾子蓋無心也而不謂其心之若或傳之也而不謂荷蕢之聞而識之也曰有心哉擊磬乎夫荷蕢非鄙人也過其門未入其室而聞其聲如見其人豈非見微而知清濁者歟荷蕢非鄙人也乃既而觀其後言而荷蕢依然一鄙人也蓋觀其所以鄙夫子者而知之矣世莫已知而終不自已子豈真不知

淺深之義而待荷蕢者賦詩以相諷哉深而深之淺而淺之而終無能濟之期欲厲不可欲揭不可而又無可以不濟之道此聖人之難也故一聞斯言而不禁喟然曰夫夫也若以為予難已者夫不已者難耳豈已者難乎哉列國之蹤而將遍矣凡吾所與周旋者皆所謂不知已之人也我本多方以相為而彼反若漠然而無情理亦可以相絕矣乃絕之而斯人復何賴乎已實無求於世而乃屈心抑志以至於今此中蓋有甚不得已者矣若果於遺世而盡謝不知已之人以與其徒相樂此人情所大快也而何難哉齟齬之迹亦多端矣凡吾日為圖望者固明知其為不可為之事也我非不欲自竭其心而天偏不能少假之遇情亦可以自謝矣然謝之而

吾志竟長負乎時事已了可知而乃低徊輾轉以冀其一當此際蓋有無可如何者矣若果於自喜棄而盡釋吾所不能為之事而脫然無累於身此私計所甚便也而又何難哉彼荷蕢者惡知予也夫世之莫已知而不已亦誠有可鄙者矣然使其不已為可鄙而尚得謂有心人哉且以能已為無求於人則將以人知為有利於已乎鄙哉硜硜乎荷蕢當出之矣

獨絃哀歌感心動耳 韓

子貢問曰　於人

審於恕之一言而行無不可矣蓋求之終身行而皆其不可以行者人己之見隔而施不恕也知此則一言亦足矣且人之無不同者心也心之無不同者理也故可以行於一日者即可以行於終身可以行之於一人者即可以行之於人人學者誠能自見其心以驗其理之不言而同然者則所操者約而所及者廣矣昔子貢之在聖門也求夫子於學識蓋嘗博而要之繁賾之途而穎悟之資亦將有所窮而欲返見夫子之文章嘗返而求之身心之際而性道之旨亦時有所觸而欲通故一旦問於夫子曰有一言而可以終身行之者乎蓋以無所持循而漫於所行者求之雖理有偶

中究之於吾心無主而難情以安觀其會通而第於所以行之者求之則歷歷之終身要不過因事異施而其原不二斯言也可謂切於問矣故夫子告之曰天下之理隨物而寓者也生人之美行多矣即奢取焉而不能無遺也終身行而取必於一言則必觀於萬物之源而得其所謂體事而無不在者焉君子之學隨時而遷者也斯道之層級多矣日進焉而豈能無變也守一言而行以終身則必返之吾心之內而求其所謂徹上下而不移者焉若是者其惟恕乎恕者通人己之情而順其施者也終身皆人己與相對之境終身所行不過施與受相搆之情知其所不可行者而可行之則見矣身各自私而各以所不欲者相勝則終身不可行而一日亦不可

行身各自知而各以行所欲者相體則一日可行而終身亦可行此下學强恕而行之事也而中心安仁者亦不過行之益熟而進於自然耳雖身由之豈能盡乎賜也其奉此一言以終可矣於此見子貢之能切問而夫子則引之以近思此一貫可啟之機而性與天道得聞之由也

規圓矩方文家之極則 龔孝水

廉而不劌温潤而澤古人之性情形体俱是矣 徐双卿

斯民也三 一節

聖人明人性之本直而深慕夫古之所以行之者焉蓋有不直行之者為之而非民為之也不然而古之民豈有異性哉且三代之與道不變而民亦不變而人亦有言今已異於古所云夫今之異於古所云者信亦有之而非斯人之故也吾之不敢漫有毀譽者何哉蓋以是非者直也而毀譽者非直也毀譽之加必有所為受而君子於不直之施於一人亦怵然而念天所以生民之意毀譽之發亦出於偶然而君子於不直之見於一事即凜然而念民所以變道之由今之議論者皆曰吾不及三代之盛雖欲直道而行如斯民何若斯民之不可以直行而不直之行為不得已於斯

民而姑試焉者嗟乎何其枉斯民之甚哉夫三代盛時其君為禹湯文武之君故其道為夏后殷周之道其道為夏后殷周之道故其民為夏后殷周之民極目滔滔之天下而遥憶夫國不異政家不殊俗之時幾不識其為何狀矣乃即此蚩蚩之民其孫子之相承祖禰之相屬者沿而溯之數千百年之前而即望之為古者也而豈有異民哉追原上世之民情而下觀於愛惡相攻愚知相欺之世以為幾無復人道矣而不知古先哲王所為愛之而不忍欺敬之而不敢忽者謹而持之數千百年之久而不料其至於斯也而道可終變哉且夫直道之利於斯民易知也不直之道之不利於斯民又易知也今也賞不必有功而罰不必有過日以不直行之而

民亦忍而受之矣豈一旦盡反其道以大便其情而反慮斯民之不能受乎抑三代之直有行之者而與斯民無與也今之不直亦有行之者而與斯民無與也夫既不能建會歸之極與道化之原致斯民於三代而使之與有榮焉矣乃陰病之以不直之實復顯誣之以不直之名而謂斯民能受之乎嗟乎三代之衰民之屈而不能以自明者蓋亦不可勝道矣直道之行徒付之慨想而僅斤斤焉自持於毀與譽之閒此吾所以每顧斯民而心惻者也

題义雅直神更雅肖此獨於聖人意中体會摹寫故能文外獨絕　韓

古存神理不去膚末　徐文虎

民之於仁　二句

聖人切言仁而使人自省焉蓋水火雖切而以仁觀之則外物也非夫子正言之民益相與萬世而不悟矣且民之失性久矣所以養身者一日不具而燋然無以樂其生而所以為人者梏亡終身而殊覺於己無患也嗟乎亦嘗思民之於仁何如者乎原其始則一物無有而仁獨與之俱來要其終則衆物皆逝而仁不與之俱盡故民非水火不生活而以仁方之殆有甚焉使人之一身不得仁以相貫通則君臣父子若泛值而民之器為虛矣以至耳目百骸皆昏焉妄行而無所守雖水飲火食以寓形於宇宙而其道無以自別於羣生又使古之聖人不本仁以為經緯則親愛生養之

道息而民之類滅久矣夫且胥戕胥虐日尋於禍變而無由弭雖天作地成倫所養於五材而一日不能自安其食息況民之於水火也雖待用之甚迫而過時可以無需也若夫仁則須臾而離之即此日之心已亡而所事之理必悖民之於水火也苟遭變而或窮即異物可以暫濟也若夫仁苟矯飾以託之即五常之原已塞而百行之善皆非是以高賢傑士不忍虧所性之真雖水火可以必赴即戾夫忍人苟其抱傷心之痛亦食飲有所不甘觀於仁者而後知衆人之昏迷罔覺也觀其暫發而後知平時之冥頑而不靈也有仁而無水火則身雖困而道亨有水火而無仁則形不離而生亡獨奈何其弗察哉

先仔論體認與揣摩之別謂体認於親見之又細認之揣摩於未見而想像之若此等乃知力行方得言之中道又不止意見而已也刻素目

天下有道則禮樂征伐　一節

聖人論當世之勢而知其變有所歸也蓋天下之統歸於一而後可以百世窮於下則反上其幾不有先見者乎且天下之勢分必合合必分而其將大合而不復分也其分之變必先窮而無所入而今之天下蓋有其徵矣夫天下之勢之所由分合者禮樂征伐所自出者是也我周之歷年雖多然其間操柄出於一而合天下諸侯大夫倍隸各効其績以歸天子者不過成康之世始終數十年之閒而已故天下至今以為有道而嘆其盛之不再見也穆昭而下宣平以上上之人雖不能盡謹其操柄而賴先王之靈尚無有起而亂之者其後天下之勢屢變而禮樂征伐之權屢移諸

侯竊之大夫奸之而陪臣又從而伺之嘻其甚矣無道之禍遂至此夫蓋天下之器苟其人所固有而自執之則衆相與安焉一旦執之者非其人則欲從而攖之者環相視也而得之道愈逆執之人愈微其失之之時亦愈速故夫十世五世三世之間吾有以知其交相儆也夫封建之設久矣遂古之初吾不得而知而自唐虞以及夏商天下之勢未嘗不分而吾未見其分之禍遂至此極也彼其時而爲禮樂征伐所自出者無聞也而今蔓於大夫而萌於陪臣物之過盛者吾有以知其將殺也勢之積偏者吾有以知其將反也大夫陪臣之變窮必反於諸侯諸侯之變窮必反於天子天子而鑒於天下之洶洶必爲一合而不可復分之計而封建將自此

而終事勢之流相激使然曷足怪歟

蓄縮變換氣韻悠於韓

見善如不及　全章

聖人述所聞而慨所見之不逮也夫好善惡不善之人誠亦世之所謂難能難而可貴者也而求志達道者深遠矣安得盡副其所聞耶子若曰世嘗謂古今人不相及要非盡不相及也第合並世之人材而觀其量之所稱相天下之事勢而思其人之所宜則不禁望古欷歔而不自克矣夫今不異古所云者自好之士力持於善不善之間是也其得於天者無衆人之昏蔽而不覺至性之過人其成於學者望古人為依歸而遂以力行而不惑如不及如探湯非吾實見其人亦不知其言之善也若而人者其立志非不較然而志之所守則狹矣其信道非不甚篤而道之所行亦隘矣

世變大而成功難天下滔滔豈二三君子所能介介以持之者乎吾聞古之人有隱居者非猶夫人之隱居者也畏天命而憫人窮有以待物而常寬居之人以為泊然無求而不知其志視當局者而更迫也古之人有行義者非猶夫人之行義者也觀天時而察人事不疑所行而後出而任之人見其四達不悖而不知其道之素所蓄積者然也吾昔者蓋嘗聞斯語矣弟不識為斯語者親見其人而以詰其生平之大略耶抑感時撫事以為非斯人無與歸而憂心於未見耶而吾今者蓋不能無憾已勲名必既試而後見而器量則先事而可知莘野渭濱當年蓋嘗有終焉之志使其人而有接吾前吾不應貿然而失之交臂也事功雖一旦而可成而人材必

彼蒼所素植事窮運極領此者固宜三代之英乃當吾世而未有其人吾又以懼天心之猶未厭亂也嗟乎變古易俗而世衰即吾所得者亦寥寥矣而況樂行憂違確乎其不可拔者哉吾終見斯人之沉溺而無所底麗矣

文境高不可攀在嵩華間沒支　韓

子謂伯魚曰一章

二南之當為觀不為者而可見矣蓋修身齊家之要莫著於風始故人不可以面牆而立則周南召南不可以不為也謂伯魚曰生人之道有切近者焉雖在神聖亦不能少異於恒人而雖在恒人苟不得聖人之道而自任其心將投足而即以自困非曰吾不達於學上不得為聖人而下猶得自適其為恒人也吾命女以學詩久矣乃今思之中和之德人事之紀皆在二南先王以盛德之形流為正聲之感而後之君子亦得聽之以平其心本萬物之故而就其天則之安而百世以下不能他由而易其道人之性情未有生而自至於中者也其或溢其分焉而亦無由自鏡也乃沉吟

反覆之下而古人之形神澌然其可接矣於以滌其邪心而導迎善氣而吾之性情異焉矣人之動履未有發而皆式於度者也及其有所不行而又不知其何故也乃流連觀感之深而物情之通塞昭然其有的矣於以按其離合而察其向背而吾之動履異焉矣女而既嘗爲之耶則其當爲與不得不爲之故女自得之而無待於吾言矣女而未嘗爲之耶吾不能不爲爾懼也蓋天下情之所可通而理之所可達者不必其在近也千里之外而猶吾户庭矣情之所不通而理之所不達者不必其在遠也跬步之閒而猶然窮躓矣今有人於此其發於身者樂焉而至於淫憂焉而至於蹇欲有所窮斯情有所窒不獨人苦之已亦苦之也惘惘者將何入耶

其見於事者作焉而皆不順施焉而皆不恕理有所蔽斯境有所睽不獨其行拂其身亦甚困也倀倀者將何之耶夫不為周南召南而無以追先王之道化統家國天下之大全汝尚可以自寬而吾猶可以任女之自執也乃不為則昏焉塞焉耳目皆失其官而手足不能自運真無異於正墻面而立也而吾能不為爾懼哉夫周南召南正始之風學人之所習熟而循蹈者乃不知其不為而遂至於面牆則雖為而無異於不為矣世之不達於學而恣睢妄行者彼其心不自知其猶正牆面而立也而自學者視之夫非正牆面而立也耶

渺衆憲以立指去陳言而新之　李厚菴先生

吾非斯人之徒與而誰與

聖人惻然於斯人而明其無可避之理焉蓋世雖莫與易而斯人終不可不與彼欲避之者豈獨非斯人之徒乎若曰甚哉隱者之忍也彼其憤世嫉俗而去之惟恐不遠亦若以斯人為鳥獸之羣而不可以入焉者嗟乎亦嘗思滔滔者豈真與吾異類而恝焉置之乎夫斯人者固之吾徒也而吾者亦斯人之徒也仁壽鄙夭與時推移而不能盡同者斯人所遭之遇也而智愚賢不肖聯為一氣而不能或異者天地生人之心也彼斯人之滔滔於下者迹其罔上行私幾若非我族類而不足與也而豈可以概於天下之人哉況其不幸而蹈於斯者亦非其人之咎也夫為吾徒者至於

陷溺之深吾不能蕃其生而安其性而反鄙而絶之焉於吾忍乎吾非謂相與依之而遂有濟也而同氣之感要自不能劘也彼斯人之滔滔於上者觀其作非名亂以為無復人道而不可與也是安豈盡無人心之存乎況吾欲有所轉移於其閒固非其人不可也夫為吾徒者至於自戕其類吾道足以去其疾而覺其迷而竟委而棄之焉於吾安乎吾非謂為是栖栖而必有合也而決絶之行自覺無所用也在彼固有所不忍於斯人而欲置之不聞不見也然既為斯人之徒則苦樂悲愉自有不言而相喻者雖幽居獨處而如見其形焉如聞其聲焉惟盡吾心與力之所能為而與為宛轉即終於顛連無告而吾於斯人固無恨已使吾能得所欲於斯人固

可以使之有知有覺也然際此滔滔之天下則平陂往復有非吾所能自主者雖知盡能索而終不能使有知焉終不能使有覺焉然當時與勢之必不可為而不忍決捨於以見萬物一體而即此為人道之不絕也已吾非不知斯世之莫與易也而終未能以人之不可與也如以為不可與必舍斯人之徒而別有所與而誰與哉鳥獸猶知惜群而人反有不自愛其類者乎彼二人者安知余也

的的詠見宣尼心曲哀音湆意惻惻感人　徐墳長

天下有道二句

聖人易世之心以無道而切者也蓋易之云者為天下之無道言之有道矣而何以易世哉沮溺之所見亦左矣且生民以來治道迭更大抵有道之先未有非無道之極者也道者古今不易之理而天下失之故君子急起而易之焉使當無道之時而悄然憂之以阻其氣恝然去之以潔其身則天下又安有有道之日哉如夫人之欲與鳥獸為羣而太息於滔滔之莫易亦曰今之天下方無道耳夫邱與夫人共此天下而顧不知其無道哉誠以天下無必不可易之事而當夫勢窮運極之後造物亦將悔過而復其初吾非有必於易天下之心而所值非安居無事之時世此身不得不

一出而當其責昔先王以道治天下而休養生息涵育於數百年之深而今何時哉生民也狹隘而使民也酷烈其勢蓋不可一日以居矣吾明見其如饑如溺也而一如其不饑不溺可乎使今之天下內恬外熙而獨邱也蒿目於其間則是邱之過計也已昔先王以道持天下而禮樂征伐維繫乎十數王之緒而今安在哉或君臣而相賊或父子而相夷其變蓋窮而無所復入矣吾既以日見之而聞之也而一如其不聞不見可乎使今之天下上安下全而獨邱也攘臂於其間是則邱之不靖也已且夫易之云者所以易無道為有道也如其有道則邱雖得位乘時不過張皇補苴以延有道之統天下之賴於邱者淺則邱之任於天下者亦輕而不必憂心

於撥亂反正之無權栖栖焉若有求於世邱雖窮居匿處亦得優游俯仰以為有道之民天下不得邱而無所傷則邱雖無意於天下而不為忍而不必感慨於天時人事之莫待蹙蹙焉無所置其身天下有道邱不與易也滔滔皆是邱也不能解於心而夫人者決然棄之則是邱之所不及也已

一則归胡文字而片词隻义不從制义中来善为先辈共不書若是乎

李厚菴

叔孫武叔毀仲尼

記聖人之見毀而目其人以爲戒焉蓋有所名而不知(如)其無武叔以毀仲尼爲名不可沒也已且君子之處亂世也可殺可辱而人不疑小人之惡君子也殺之辱之而私心未嘗不相服此其凡也若乃以非常之聖人而遇一無知識之小人則有不可測者焉若叔孫武叔之毀仲尼是已以吾子之抱道而不容於世也奸邪欺負之徒欲得而甘心者比比矣至於毀之而其事爲已輕乃以吾子之身窮而道以益光也相怨相仇之族至欲出力以擠之死而計已無餘矣至於毀之而其變爲尤異以爲其有積怨深怒違心而爲誣善之言乎而不必然也以仲尼生平行身植志之方而

合之武叔之心固有無適而不相刺謬者目見耳聞之久實有所不得於中而不禁極口以相詆而何必其他有所為與以為其將巧搆疑似憑虛而為不根之論乎而亦不必然也即仲尼生平可法可傳之事而斷以武叔之意固有確然而見其不可者自矜獨得之見惟恐人之誤以為善而不禁誦言以相攻而可必其謾無所據與凡事之不利於人者皆可以直快其私而毀之用必少依乎理故必有高乎其人之行然後能見其人之所不足而武叔則肆口而不疑蓋其心方且謂仲尼舉世所宗而獨攻其瑕隙益可以悚動乎一時而增吾之重矣凡事之逞志於人者皆可直決之已而毀之效必求伸於衆故必有敗乎其人之力而後不虛其作惡之

初心而武叔則肆然而無忌蓋其心直以己為人倫之鑑而一言之低昂遂足制仲尼之輕重而終無異議矣夫武叔昔日之言曰子貢賢於仲尼是猶以仲尼為賢也今而毀之則直以為不賢矣一人之心一人之言而前後相背不可詰其所以然豈復與之爭得失哉然小人之無忌憚而敢為非聖之言者實自斯人始天而生如此之人君子愀然而有世教之懼也

此作更覺實有高邑先生体勘不到處 任芝軒

寬則得衆 四句

統論帝王之治天下惟在己之得其道而已蓋寬信敏公道之中而治之所以成也此可以知盛德之所同也矣且天不變而道不變二帝三王所居之時不一所蹈之德不同而所以同民心而興治道者未嘗不更相表裏如出一人之心而論效程功亦未嘗不先後同揆而如出一人之治以是知歷聖相傳而守一中即致治之原在是矣何者道之所以附衆者則寬其中也未嘗少有縱弛以啟民玩而怙冒天下之心實足為萬物休養生息之地而凡經畫於政教之間者必代人計處使綽有餘地以游其生故始則慕其德而知歸久益安其政而不厭衆之得也惟其寬之道得焉

耳道之所以明民者則信其中也不必重自表暴以興民要而至誠不苟之意實足以究事物始終起伏之情而其自達於施行之際者雖備歴艱難終不以私意而撓其後故處經事則坦予其不疑遭變事亦有恃以不恐民之任也惟其信之道得焉耳道之所以赴事之會者則敏其中也率作興事未嘗不行之有本末施之有次第而本原之地無怠無荒則萬幾日運而不積故以一人定天下之業而有餘以一時規百姓之圖而無不具其有功如此惟其敏之道得焉耳道之所以即人之心者則公其中也謹持操柄初未嘗違道以干譽屈法以明恩而建極之道無偏無黨則百物受紀而皆平故賞不僭而旁觀者有餘慕刑不濫而身受者無疾心其

說也如此惟其公之道得焉耳夫唐虞以來治天下之事略備矣其政之所以適變者不必皆同而道之所以立本者不能不一雖人心有澆漓而所以通天下之志者無異心事勢有常變而所以成天下之務者無異理唐虞三代之聖人第以是為道之中而謹持之初未嘗計其行之之效而卒之萬物得其情萬事得其序未有不由於此有志於二帝三王之治者其可以興矣

精察群材包蘊密微而寬博高明有籠罩百家之概　劉日三

大學之道一節

明道之所在而知學之所以大也蓋成己成物而得所歸者道之全也舍是而何以為大人之學乎哉且聖王建國君民教學為先蓋為人以巍然之躬而天地之心寄焉萬物之責歸焉惟學能盡其量而合其本然之則也乃學者日習焉而忘其所有事者固已多矣故存心盡性之本雖已預養於小學之時而修己治人之功必備舉而責之大學之日然立教者務寬而不迫故常散見其理於詩書禮樂之際而使之自悟其指歸而為學者執要而有功故必深明其意於誦法服習之餘而後不誤役其心力如是而道之所在可勿衆著歟其一在明明德三才萬物之原備形於方寸

乃人之受命於天而超然異於羣生者也惟不能無昏故學以復焉介然有覺即可以識本體之全而氣質之有偏者亦可以善承天心而勝以人事不如此則凡所學者皆泛泛而已矣其一在新民血氣心知之性同出於一原乃大人道足於已而即可曲成萬物者也雖彼之自汚而吾得治焉清明在躬既以不言而動於物而政教之顯設者復有以導迎其善氣而滌蕩其邪心不如此則凡所學者皆禮私而已矣其一在止於至善內聖外王之功會歸於有極乃道之大原出於天而非人之智力所能强設者也故知至至之而不敢苟焉踐形惟肖既以盡人而合於天而陶治乎斯人者亦不敢狃習近功而違其本量不如此則凡所學者皆雜雜而已矣是三者

乃人之所以全其為人而以藐然之躬繼天地以立極會萬物於一體者也帝王用之而其教遠故至治之世人皆順乎性命而事各識其紀不至以苟簡敗其材君子修之而其統尊雖異學爭鳴而仁義辨其疑似功利絕於微茫不至以紛紜亂其守學之所以稱大者此也

知止而后 一節

詳止所由得惟知之為難也蓋既知所止則動（定）靜安處皆其自然而不容已而何患乎不能得哉且學者於明新之事用之而輙違其分者非應物時之病也彼初不知吾之所當止故身心之間常紛然顛倒而無以自主一旦迫於事物有茫然不知所措者矣而何能止於至善哉故所得止者未有不由於知者也苟其觀理之深而知人倫庶物之際毫（厘）有失即以傷天命之本然自返之切而知所赴所蹈之程趨步或遺即留為此身之負累知止如此則道術之分歧者不能復移其趨向而精神之内屬者不敢自儆於游移其有定也必矣至於有定而后靜可言也所向不真則見疑

似而生其浮慕定則外之無一物之能召而内之無一息之敢荒舍此別無役心之處而靜有不期然而然者矣至於靜而后安可言也此心易動則觸外境而自生其崎嶇靜則猝而乘者如所素門習暫而寓者若將終身隨在皆有可盡之分而安有不期然而然者矣至於安而后慮可言也身之不寧則蓄知慮而亦昏於倉猝安則置身於局外而觀物清如身處事後而為謀暇在物各有自然之則而向者之知可用矣夫知止之時此理雖迫著於吾心而猶虛懸也至於慮則麗於事物而皆有可據之實焉雖直窮其原本而猶統同也至於慮則各有條貫而可盡無窮之變焉蓋索吾所已明之理則有徑而易通用吾所素定之知則有條而不紊由是而

所以成吾之德者屈伸動靜無往而不得其安也由是而所以加於民者經曲常變無往而不得其宜也而知之能事備矣故學莫難於知知之而其於得也幾矣定靜安慮皆其自然而不容已者耳然自學者始有所知以至於聖人其知也各有所為知其得也各有所為得而安靜定慮亦因之為淺深其境無窮而造者自喻焉獨難於知止之一日耳故凡未至於知止者皆不可以言學也

於事物理能體認毫忽不遺故能深其窮入微其迥矣 劉月三

靜而后能安

安不可强故學宜靜也蓋明德新民皆未可與身不安者言之也而豈能得之未靜時哉令夫人所處之境無定而所以處境者亦無定或他人見為安而其人自以為不安或他人見為不安而其人自以為安則知安不安不係於所處而係於心之靜否矣故有志於大學者由知止以能定靜而後安可言也身之所寓而職業附焉既已之乎其途而又觸於他務而心動焉欲去此以適彼而功有可惜欲兼營以並騖而力有不堪則雖所處之甚安而有輾轉不適者矣業之所赴而功俟懸焉始一從事於斯而遂躐其所未經者而浮慕焉欲一蹴以就之而勢有不能欲迂迴以待之

而情難自抑則雖所處之甚安而有跼蹐不定者矣夫常人之欲安也以便其身而君子之欲安也以務其學而皆非静之候不能也人之所處有一定而不可强者不知其一定而妄生紛紜以役其志所以不安也静則知其固然而猝而至者不驚暫而寓者可久夫人之游心物外者汩然一無所起尚能歷勞苦憂患而不易其常況吾道之以義理自勝而不紛者乎人之所處有隨在而可盡者不知所宜盡而漫無秉执以寄其心所以不安也静則見其當然而惟恐處此之或有遺憾因覺由此之實為坦途夫人之寓情小道者息心以赴所圖尚能處紛擾煩溷而形神不瘁況君子之究天命之原而不妄者乎性命之業未有役於境遇而能盡者也所

養未純而能靜以務之無所紛於道之外無所急於道之中則動〔靜〕作息寬然有餘地以自處者〔矣〕使中道而有恫惶焉不轉覺身心之無措也哉帝王之業未有撼於時勢而能成者也所施未達而能靜以俟之不以道之難盡而疑其迂不冀道之速成而遷其度則夷險難易泰然覺所處之皆安矣使既事而滋煩擾焉不轉覺進退之兩難也哉蓋平日之知至於能安而得其效而臨事之知復於能安而立其基故靜而安者統學之始終而為之樞者也

鈎深索隱川出清新是大士手法而根柢理要毫忽不失其所授出溪矣

韓慕廬先生

慮而后能得

學至於能慮而所知為不虛矣蓋慮所以用其平日之知也而所知之至善尚有不可得者哉且庸衆人之遇事亦未有不慮之於心者也率其所慮而行之亦未有不自以為得者也乃無何而人皆以為失而已亦自悔其失者何也彼所謂慮乃私心之億測而非由知止定靜以至於安而能慮者也蓋知止則已能致其心之明矣而心之明猶未試於事也事至而慮焉然後心入於事中而向所明者至此有以既其實抑能注乎理之正矣而理之正猶未行於事也事至而慮焉然後事各効其理而向所為正者至此有以觀其通故凡有出於身未有不慮而能得者也不獨天倫人

事之阨憂思萬變而後可以宅其安即日用常行之故衆人所謂無假於慮者不知其更有難得者也日侍父兄之前豈非經常之道哉而其義亦有隨時而見者耳目動静稍有所忽已違其分而不寧於心以是知至善之得無所為難易也凡有所施於天下亦未有不慮而能得者也彼夫一事一物之來尋數推理而即可以知其極若夫斟酌百年之用初心所謂既自得之者不知其更有當慮者也天地萬物之情敢謂擬之轍合哉彼其終要有一以貫之者遠邇幽明一之未周終失其衡而毫釐以誤以是知至善之得又各有廣狹也或謂學者雖極其所慮未必遽得其至而無憂也精粗淺深之間豈可以一旦而合第有所主而因事以致詳則習久

愈漓不覺化生心焉而所處者以漸而深所得者亦隨時而異矣或疑聖人之不思而得可以無假於慮而亦非也難易勞逸之際旁觀者見以為然而不知其心之密以自循雖邇言淺事未嘗不反覆懸衡焉弟其慮也自有所為慮而其得也亦自有所為得耳此知止之終事也故學者必定之於始也

廣涵世外細入毫芒知其於格物窮理之功大有體驗　韓慕廬

致知在格物

即物以求知而實有可致者已蓋古人明善之功求必其可據非物是格而曰吾能致吾知豈有是哉且知也者心與物際而後可見者也使離物而守其知則雖是非得失之形顯而易見者終揺揺其莫據而無以自信於吾心況能真知至善之所在乎審是而致知者有所恃矣寘處而不思謂吾心無事於逐物及精其心以入於萬物之中而後知是皆吾心固有之知所散而寓焉者也憑虚以為悟謂無物可以礙吾知及觸於物而多相牴之實而後知是非吾心浮游之知可謾自欺焉者也其事蓋在於格物焉身與心意之相附而各有其則者皆物也合之則是離之則非非於

是格焉而何以知其為是知其為非乎天命性情溯其源則義深而難測究其委則類蕃而難循苟欲此心洞達而無疑則按節以推而不可以畏難而中輟也家國天下之散殊而各有其宜者皆物也得之則治失之則亂非於是格焉而何以知其為得知其為失乎親疏遠邇辨其情則由同以得異權其事則即異以為同苟於此絲毫厘之弗覈則依類以測而不可以簡忽而有遺也物之無事於知者存而不論可也人倫日用之間事愈微而理愈著其中各有至善焉而何可遺也而又非謂繁襍之物之遂可置也義類所觸或不相涉而相資故有衆人溺焉為玩物而君子即以是濬其本體之明者其所主不可誣耳物之不能遍知者襍而要之無益

益也一事一物之中心有隅而分難精苟能得其所止焉而他可通也而
又非謂衆多之物之舉可概也形變無方必積於多而能貫故雖聖人之
知無不周而惶然不敢畧於下學之事者誠貴於既其實耳乃世之遺物
以守其心者既以自封而益其愚而學者有志於明善而不能極其功往
往於物少有所見而曰吾既已之知於是乎物之分有所遺而知之分有所
缺自三代以下明德新民之事皆不若古人能止於至善者其所以求知
者未盡也

惟於此理心通性達故説之於此而經典傳注檢括參合非翁所能為
也　初月之

帝典曰克德峻明

且明德之事聖人有與人異者而亦有不能與人異者言其所得於天之異則上古聖人之所得中古聖人有不能與之齊者矣而其得力之處則未有不同也湯文之明德亦既彰彰矣古之備德者無異學雖數聖人而後先其轍如同一人之心極之於堯而其明德與湯文無異也古之言德者無異詞雖千百年而互為發明如出一人之口稽之於典而所云克明峻德者與康誥太甲之所~~棄~~云無異也夫峻之為言至大而不可囿也有所蔽而小之而擴之使大則峻矣未嘗有蔽而無待於擴而猶欲擴之則更峻矣以觀於堯誠浩浩乎其無所畛域也然使人性中本無是至大而不可

圍者而堯能恢其量之所未有耶性之量則然而何以浩然者惟堯獨乎峻之為言至高而不可尚也有所累而畀之而增之使高則峻矣未嘗有所累而無待於增而猶欲增之則更峻矣以觀於堯誠巍巍乎其不可攀躋也然使人性中本無是至高而不可尚者而堯能益其體之所本無耶性之體則然而何以巍然者惟堯獨乎謂堯之明德為易而亦非易也既大而更欲擴之其致力之難與擴小以為大者同而且有倍焉者矣以堯之德之至大而不可圍也而擴之猶且致其難而況擴小以為大者乎謂堯之德明為逸而亦非逸也既高而又欲增之其用心之勞與增卑以為高者類而且有危焉者矣以堯之德之至高而不可尚也而增之猶不憚

其勞而況增卑以為高者使當日之為是書者第稱其德之峻而不及其所以明則至聖至神皆天之所命而已無功而天下後世且將俾其命於天以待其自然而為堯而茍不如堯已漫然無所置其力亦不可謂之善頌也夫二帝三王古之明明德於天下者也而三聖人之德之見於書者無一非自明之事若之何而不自力哉

兩段書山析骨畢見 韋商平

如切如磋者道學也如琢如磨者自脩也

釋詩之言治物者而知學脩無止境也夫物不可以一治而成而況身與心乎切磋琢磨古人之學修如是耳且君子窮天下之理而實體之以成其身其境固無時而不變而不可以茍而自止者也吾之力有所留而不盡則道之分亦凖於是而有遺是其精者終無由見而美者終無由全矣故淇澳之詩可咏也非曰古人之氣清明遂不學而洞然無疑也其相歷而後漸詳者與後人無異也而且有勤焉者矣非曰古人之質醕厚遂不修而輝然無累也其日新而惟恐有間也者與後人無異也而且有密焉者矣其所謂如切如磋者葢以言古人之學也未學之先理與欲常並域

而居以亂人意所貴乎力以判之也勤之於古稽之於今使劃然殊塗而不相襍其庶幾乎乃凡義類之昭然者可判而情形之相近而實以相亂者猶未可以悉辨也所見愈親而幾微疑似之間愈以分明而不容自誤由是而反覆審端焉以要於微至則其粗者盡而精者見矣其所謂如琢如磨者益以言古人之自脩也未脩之先物與欲常展轉相附以累其身所貴乎決而去之也辨其所生絶其所匿使日即吾所而不相干其庶幾乎乃瑕疵之外集者雖去而本體之無欲而粹然至善者猶未可以驟復也强能自勝而往來交戰之地或以刻厲而碍其天機由是而從容砥碎焉以發其光輝則其天者全而美者見矣學修中無窮之境其封於自足之見者

何限故古人常以現前之所得者為膚也鹵莽者以為得當而休而獨孜孜焉追乎積久以成之而良楛果不可以相擬也藉非屢變而不息其功亦不知其質之可至於是矣學修中自然之程其敗於欲速之心者何限故古之人不謂始入之所由者可略也凌躐者以為一蹴可至而獨循循焉追乎以漸而致之而論效亦不至太迂也向使用力而或違其節則至此當茫乎未有斯矣是故良工不忍安於樸以賊其器而君子不苟敢於道以自賊其身心棄一定之法則事逆而功不完遺必歷之程則心勤而道益左詩之美武公者可以為前事之師矣

渣滓盡除清虚成象到此地位直是峻絕丙目三

無情者不　民志

原訟之所以無則不得不求端於民志也蓋無情之辭以其志之無畏者盡之也審此而可不務德乎哉且三王以降賞不足以勸善而罰不足以懲奸惟其志之頑然無所畏也其志頑然故其情憪然而其辭且囂然蓋上下皆有昏德而患氣積也夫訟之興也始於情之不類而成於辭之不衷迹其譸張為幻以誣上而行私幾疑無復人心之存然民之生也既隘而又賞奸惡直以亂其聰使皆以情而安能自甘於凶害也則思其辭之忍於盡者而上之人當有惻然抱不安者已即先王明啟刑書以徵詞而議辟亦惟恃其實之不違乃俗之漸民已深幾不知禮義忠信為何物雖

不以情而殊覺無慚於夢寐也則思其辭之敢於盡者而上之人當有悪然内自慚者已由斯以談無情者所以得盡其辭上之過而非民之過也詐謀非無故而逞使辭有不能自已之勢則其情豈復能順事而怒施故必有道以相養相馴而陰生其限制道化難一旦而成彼情既託於冥昧之中則辭之盡豈可以形格而勢禁故必俟其心之自明自止而不可強求是非民志大有所畏不能也而所以大畏民志者非自明其德不可也父母之恩既篤而誠能動物即以生其嚴憚之心直覺背之而不安欺之而不敢故教化之隆下有積怨蓄怒一朝相顧而大懼傷仁人之意者畏之至也而豈有掩義以生争者哉牖民之道既詳而復以身教使皆自得

其性命之理真覺君長之不可誑而同類之不可戕故三王之世常有詆隸匠夫東禮度義而以死生為不足貳者畏之至也而豈有辯言以作詐者哉若夫震之以法察之以明而曰民其畏我焉不知輾轉以遁其法多方以徹其明者蓋侈然以上為不足忌也何怪乎無情之辭日盡而亂獄滋豐也哉非正其本而明明德於天下者豈足以語此

此等文非貫穿經史而得其不言之蘊終是見不到說不出 徐治卿

小人閒居　益矣

觀小人之自欺而知其終不能欺也蓋爲不善自欺也而揜著之時亦自見其爲小人矣而謂君子不見乎且善之不絕於人心非觀於君子而知之觀於小人而知之也使小人本無善而亦不知善之當爲則當顯然爲不善而無慙於君子矣故窮其情而奪其所恃則其自知之明尚可用也今夫日用者生人不可離之事而宴息者亦君子内自惕之時無所爲閒居也而小人乃多閒居時焉非果閒也徒以不見君子而自喜爲閒居也小人之所謂閒居正君子自强於善惟日不足之時而小人曰爲善而於閒居甚無益也其時多暇而其力寬然有餘其地甚隱而其心肆然無忌

既自恣於不善之中以適已又未嘗有不善之迹以昭人弟觀其無所不至之時眞快然於俯仰之閒而無憾矣而無如有見君子時也斯時君子之（立）意之誠肅然而動於物而小人之（立）意之欺慝焉而莫為容其厭然也亦其善端之復見也而小人旋用其欺焉以為吾向之不善可掩也寘昧之中豈有形迹之尚留而不知已留於其意矣以為吾之令善可著也言貌之閒非有實事之可驗而不知已驗於其意矣此小人之肺肝也而人已視之而如見之矣使小人並無掩著之情則君子或無從為肺肝之視而君子肺肝之視亦迫懸於小人掩著之心是其不能欺人者仍其不能自欺者也夫以君子言之雖可掩可著而人莫之見亦未有自欺而如（為）不善

者而小人豈可與正言哉弟告之以無益可耳

意足詞簡而氣特縱宕　韩慕廬

孝者所以 三句

家國無二道教之所以易成也葢行於家為孝弟慈而行於國則為事君事長使衆之道名異而實非有二也此可以知君子之教也且人心之不同也雖被以禮樂政教而戶説渺論焉猶莫測其心之何若也乃君子不出家而信其教之必成者果何所恃哉葢深恃乎此理之本同非以强人心而迫之使從吾教也故家之中有孝與國之所以事君者事不同也而理同禮未盡而不敢安誠未竭而不容已者孝之道也如是以事君未有不為天下之良臣者矣不如是而於事君有遺理矣或疑君之以義合者異於吾親之不勉而致也乃天下有昧者焉雖事其親而未必無不盡之

禮不竭之誠也而明於事君之道者亦自有所不敢安焉亦自有所不容
已焉以是知其理之同而所以事君者不外於是也家之中有弟與國之
所以事長者事不同也而理同順其體而無越禮從其令而無懈心者弟
之道也如是以事長未有不為天下之恭人者矣不如是而於事長有遺
理矣或疑長之以分臨者異於吾兄之順事而安也乃天下有戾者焉雖
事其兄而未必無不順之體不從之令也而明於事長之道者亦自覺其
不可越焉亦自覺其不敢懈焉以是知其理之同而所以事長者又不外
於是也家之中有慈與國之所以使衆者事不同也而理同節其事而無
過求恤其情而無逆施者慈之道也如是以使衆未有不為天下之仁人

者矣不如是而於使衆有遺理矣或疑衆之與我疏遠者異於吾幼之體親而暱也乃天下有忍人焉雖其家之幼而未必無不節之事不恤之情也而明於使衆之道者亦自有不忍過求者焉亦自有不忍逆施者焉以是知其理之同而所以使衆者不外於此也惟其理之同故觀者不言而喻惟其理之同故教者不令而自行事君事長使衆之道得而國治而教成矣而不外於孝弟慈以是知君子之所以成其教者果不必出於家也

理真而氣醕明白之語此古文老境古惟昌黎近則震川 仲礼执

生財有大道一節

財之足有道在務其大者而已蓋天下未嘗無財也得其自然之道而長裕矣何事外本以內末哉且平天下者不獨腴民以生其勢不可以終日也即任其自生自為以食以用於天地之間而國已大屈矣是故生財有大道焉必也觀物察變使天下之大兆民之衆不啻一身一家之無遁形焉而後其分精循數推理使十世以後百世以後究如一日二日之可計焉而後其謀遠故有道之世未有一人而失其職者也無事者悉使歸農而不農者亦各効其績以佐農之所不逮雖不必盡出於生而生之者衆矣未有一人而濫於祿者也當官者各責以事而任事者皆有功可程

而不肖者不敢貪則不必吝於所食而食之者寡矣至於為之者民之所自為謀也哀世之民雖欲自立而其道無由而古聖王既已寬之而猶日夜勞來焉惟恐其自暇自逸以棄生人之性而隳天地之功則道在疾也至於用之亦上之所不容已也奢儉之用狥於一偏而皆以生弊而古聖王順以布之而已綽有餘地焉第覺其有典有則文皆足以稱情而力常足以周事則道在舒也如是而財有不足者乎後世貴農嗇用其規模多囿於曲而未覩其全而君子常總觀於萬物消息之源酌盈劑虛其理甚足而可恃有後人因事設權亦能收奇羨於一時而已虛其本而君子弟經綸夫日用常行之事至纖至悉其積甚厚而不可穹此財之所以恒足

而道之所以為大也。若夫不務生而之欲聚之。雖盡民之財。立匱之術也。

仁人之心不如是矣。

廿一字慎實而一部周禮與漢宋諸賢之論皆囊括其中可謂

擇之精而語之詳矣　韩慕庐先生

道也者不可須臾離也可離非道也

中庸明道之體而使人知其不容間焉蓋道不能禁人之不離而其體自不可離以為可離者亦弗思而已矣中庸以為道之不明也久矣或不知而離之或知之而以為可離不知天下之物其可暫離者即其可終離者也即其終不離而亦非本不可離者也而豈道之原於天而率於性者哉故天下有終身離道之人而無須臾可離之道物生而道寓焉無在而非天命所流行也一事接而道呈焉無時而非性所之發著也父兄君友人所須臾不可離之人也則所以事父事兄事君交友之道不可須臾離也使離其所以事父事兄交友之道而父兄君交友不異於途人矣即所以致

於父兄君友者終身無過而一時一事之未盡吾心而失其理焉則此須臾之間天理已壅遏不行而不勝其愧怍矣視聽食息人所須臾不可離之事也則所以為視為聽為食為息之道不可須臾離也使離其所以為視為聽為食為息之道而視聽食息不異於衆物矣即所以主乎視聽食息者卓然精明而苟一時一事之不及察而過其則焉則此須臾之間吾身已顛倒無主而不勝其悖亂矣如以道為可離則禮樂制數之文可離也而父兄君友所以為致愛致敬之道亦可離乎致愛致敬之道既不可離則禮樂制數亦道之所行而不可離其可離者必其繁文末節之增加而過其分者也而若是者固非道也聲色臭味之迹可離矣而視聽食息

所以為同然當然之道亦可離乎同然當然之道既不可離則聲色臭味亦道之所寓而不可離其可離者必其姦聲亂色之雜至而蕩其真者也而若是者固非道也夫道之不明久矣世徒見夫失其理過其則者之多而遂若以道為離之而不害者而不知人雖盡失其理盡過其則而其理固即物而存其則固隨事而具也而謂道可離乎此聖人所以汲汲而修之君子所以兢兢而體之也

出筆甚輕而着題甚重由所見者真故不煩言而解也　劉月三

清真如話理足氣盛直可模制類波　張彝歎

人莫不飲食也　一節

聖人嘆人之不察而知道之所以失中也蓋道不可離而人離之不察之過耳味則不知而莫不飲食可不謂大哀乎且天下事未有舉世之人共由焉而不昧其所以然之故者也蓋其狎至也而不思以其同然也而相冒故終身未嘗與之離而一旦未嘗與之合者天下之公患也彼道之不明不行觀於飲食之事而可見矣天下無不飲食之人人無廢飲食之時使其徒飲徒食亦何取於飲食使其妄飲妄食且深病乎飲食飲食之所以貴者非貴味也而知之者鮮矣凡得與失之顯然形迹間者人猶警於心而有覺焉若夫味則知之而如是以飲食不知而亦如是以飲食其中

雖甚相懸而其迹若不甚異也而人因之曰是豈有不知者乎夫飲食之有味同而其所以為味者各異雖析其類而平心察之猶懼其相混也而曰是安有不知者無怪其浮而不相入也凡事與物為人所不經見者人或以為異而求通焉若夫味則盡飲食之人皆不能真知而凡飲食之人莫不畧有所知且旋放之於人而準証之於心而安也而久且信之曰予既已知之矣夫味固因物而殊而知亦隨時而異雖終其身反覆以尋之而猶懼其有遺也而曰予既已知之無怪其闇而無所得也有所甘者溺而不能擇有所害者急而不暇詳而安其故常者又畧而不知省故或過其節也或失其正也或迷其真也而知之鮮矣未飲食而求其理則所以

審味者必精方飲食而察其宜則所以取味者必正既飲食而思其得失則所以辨味者必詳而始則貿然也中則率然也終則眊然也而知之者益鮮矣共此飲食也其味之寓於此與味之寓於彼者同一原也乃或有偶然之知而異時仍不能知夫異時而仍不能知則知之時故不得為知也同一知味也此人味之而如此彼人味之而又如彼者遞相差也蓋知之淺而味亦淺知之深而味亦深彼得其深者吾無望而知其淺者亦何寥寥也夫飲食之於道其尤近者也而不察則不能知吾獨柰此智愚賢不肖之人何哉

前人作未嘗及此後之作者無以加此真此題之絕作也 韓慕廬

舜其大知也　全章

聖人合天下以成其知而道無不行矣蓋善必己出而後用之知之所以小也以天下之中用之天下而一無私焉非聖人而能若是乎且斯道之中散於天下之人心而非一人之知所能盡也苟聞之不廣取之不精則所施於天下者無以即乎天理人心之安而道為之窒蓋其人之識量有以限之矣古之人有大知者其舜也歟舜蓋卓然有主於中而又不敢任一己之知以礙天下之理也舜唯廓然大同於物故能發斯道之蘊而因以致在己之明也蓋惟深知夫人性本善其心知皆載乎義理而局外之觀較當事而者倍明故將有為也未嘗曰予既已知之也而好問焉言苟當

物即淺近可易為精微而怠心一乘則理即遺於所忽故茍有聞也未嘗曰是無足深求也而好察邇言焉至其言之悖於道而為惡者其言則非而言之意未嘗不善也而務隱之言之合於道而為善者其善可取而言之美則不可掠也而必揚之此在聖人只任其性之自然初非以是為鼓舞之天下之具而天下所以喜從而樂告者亦在斯矣如是而道之散於天下者無所遺而中之裁於聖心者有所據理以相近而難得其真羣言參差循之循皆有可通之道而獨難于決疑似而定其衡說以至紛而可致於一彼此相錯酌之俱非心理之安而因可以稱物情而歸其分蓋執其兩端始確然有以見道之中而凡過於此者不可用之以使民疑也而凡

不及乎此者不可用之以教民息也蓋其執之也烱然無毫釐之差其用之也沛然若江河之決以通天下之志而道在聖人之心者無不明以成天下之務而道在聖人之身者無不行會萬物於一體與天地而同流舜之所以為舜者其在斯歟若夫小知自私任一己之心以封衆人之見而愚者又貿然不知所裁中庸之道亦何恃而能行也

方圓隨器動静相生不期古而自古　王崑繩

老泉稱韓子之文如長江大河渾灝流轉魚黿蛟龍萬怪惶惑而抑遏蔽掩不使自露古人文章之奥全在抑遏蔽掩文觀此文益悟蘇子之言之希妙　姪道希

執其兩端二句

聖人能用天下之中而道無不行矣蓋中寓於善而善非中惟擇之詳故行之至此聖人所以立用中之極也且中道之不行於天下非用不善者為之也以為善焉則苟以可止矣而不知於善之分半合則於中之分已半離自非大知惡能盡萬物之理而不過乎如舜之言無不察也蓋欲取其善者而用之也而未敢以遽用也蓋善之中又有兩端焉其參差以散出者至理或偶現於衆人之心乃懸衡而取之又各因乎取者之分而不容強故以淺近為精微其權在執也抑疑似之亂真者相懸或即在於毫釐之際故吾心雖有定猶必兼夫未定之論而取其衷誠恐脱畧於方隅而

中即遺於是也惟其執之也不敢苟故其用之也無所疑人見聖人之因事處事以物付物沛然若江河之決而不知不滯於所行者其詳慎有先焉者矣惟其执之也無所遺故其用之也無不利人見聖人之法立而宜令行而化浩然與天地同流而不知四達而不悖者其權度有難焉者矣民之愚何知有中而用之有幾微之差其心終覺有歉而未愜蓋其得失利病之身親者不能掩也惟執之已精故動皆應於天命之本而因以協其心之不言而同然者耳中之理即民而具故既用而從容中節其事若為百姓所與知而非神明變化之無方者不能合也故後聖有作其事亦各無憾於民而止覺舜所用之至當而不可易耳蓋人之不能行道者非

善之不行中之不行也衆人之心莫不有善而不知有中故聖人以執之者通天下之善以擇其中而因以用之者還斯民以中而不自有其善蓋惟知之盡故行之至也此舜所以立用中之極歟

體裁峻整語多造奇　吳七雲

右作此等之甚易而他人欲沒摘其地亦總精超神不待言也此係入理有淺深之筆分古今老稚耳　俟札执

詩云伐柯一節

因詩以審治人之則而愈無疑於道之遠也蓋道之則本具於人雖伐柯不足以喻其不遠而謂君子之多求於人乎且天下之物天則無是而人為之者雖至近而終不能渾而一之也若道之在人則天固如是而人離之其離之也為失其所以為人而其復之也為還其所得於天豈可以遠近較哉甚矣夫人之惑也遠人而非道者未嘗驅之而爭赴之而其身之道反不能自治而待君子之修而猶不能盡率君子之教彼蓋疑君子之以已而治人也而不知非也使君子以已而治人則伐柯之說耳則雖不遠而有執而伐之之迹則不能無睨而視之之情夫相覰而覺其似則其

先本有不相似者矣比擬而求其合則斯時仍有不甚合者矣即以為遠也亦宜而豈所以語於君子之治人乎夫君子非以己而治人也以人而治人也究性命之同源而徵彞倫之共軌雖以己治人亦不患其道之不相通而君子則以為不必而君子則以為不可其不必何也以固有其人在也道固各正也惟附於人之身而有缺焉無待於他求也彼環其身而皆有不盡之分者即環其身而皆有可盡之分者也使自識其本然而非吾多方以相責而後情無所遁耳其不可何也以各有其人在也道本無二也而又因乎人之所居而異義焉不可以相假也其失之固各有所以失而其得之亦各有所以得也公乎之以定的而使人隨地以相求然

後義能各當耳故道之體無所不統而君子之治人不遠求其全益泛焉者雖少緩而無傷而切焉者雖〔實〕暫離而不可也孝弟忠信之大防苟能不潰則外此者亦可以聽其自擇矣道之分不可終窮而君子之治人亦不遽要其極益驟責以深而概無所得不若先求以淺而無不可能也愛親敬長之通義不愧於心則精微者亦可俟其漸致矣改其非道者以去其非人者而治人之心得而治人之事亦止矣以天合天不必引繩以批根有物有則初非挹彼以注此修道之教約而不煩而天命之性望而可見遠云乎哉

抽繹旧説翻出新义十年来学者人執或问一编谁解如此道来 韓慕廬

忠恕違道 一節

求道於忠恕心安而理可得也蓋人能盡力於忠恕而順其施則去道不遠矣而何必為道於遠以離道哉且道之不遠於人者何也以其附於人之身而即具於人之心也故入道之心 非遠也即吾所固有之心以體驗之而心已近於道矣體道之事非遠也即吾所體驗之心以推行之而事已近於道矣何者人有心莫不可以自盡也而忠存焉人有心莫不可以相推也而恕行焉不忠不恕則悖於性拂於命而違道也遠矣能忠能恕則順於情依於理而違道也不遠矣道也者自然而各正者也故必盡其去其勉强相就之迹而後渾合而無間焉今第曰忠恕而已則有待於盡者

其中固不能無所缺也有待於推者其外尚不能無所格也然幾微而不能自欺艱難而必求其達則其終亦將有從容而和順者矣而何遠乎道者至當而不易者也故必能盡乎義理精微之極而後毫末之不爽焉今第曰忠恕而已則能必其心之盡而所盡者未必其皆無誤也能必其心之推而所推者未必其盡適中也然靜而時自求其本動而時自撿其私則其事亦必無昏迷而大悖者矣而何遠乎夫所為忠恕者何也其事行於人與已之間而其端在於欲與惡之際明為已之所不欲而以加於人反之於心而有所不安即合之於道而有所不可者也人雖至愚而於其身所受病者知之必悉故以此觀物則必精人雖異體而揆以道之同然

者情自不殊故推以應物則必順慎其所發以類萬物之情厚其所以為時出之本而忠恕之事全矣夫無人無己無欲無惡者道也能忠能恕而違道也豈遠哉而有欲有惡能忠能恕者人也忠恕違道不遠而道豈遠於人哉

忠恕違道不遠必兼中二义始全而對义尤緊切茲先仔所未及固可以俟而不惑也　劉言潔

全貴上半句下二句不多作鋪排於章意最為緊合　徐詒孫

子曰射有 一節

聖人論射而示人以君子之用心焉蓋反求諸身乃素位之實而無怨之本也君子以正其行射者以求其鵠一而已且有所不得於世而內以自責其身非君子無是心也而不知衆人皆有之特其見也有時與地焉束於法迫於勢而後動不若君子時以自克於所行耳不覯夫子之論射乎君子之素位而位行也非獨不陵不援無尤怨無而已也使置其得失於無
心而頹然一聽於命則異學者或以是增其放焉而君子則處上處下無時不自繹其鵠而富貴貧賤夷狄患難皆借以自鑒其身其無在而不反求其失者乃其無入而不自得者也彼射者之失諸正鵠也雖心之不平

而於人無可歸怨而已之不正至是怨而自明其反求諸身也與君子之用心有相似者人情之無憑也亦甚矣而君子不啻以為可憑謂在己果無不足之理則於世必無終隔之情也故上下之交稍有不相安者即黙引以為失而反求焉隨地而自盡者已詳矣而其心常恐有所未盡使進此當尚有可行之道也則處此尚多未行盡之行也故富貴貧賤夷狄患難之幾微不自得者即瞿然曰吾失之矣而反求焉雖君子之行有所拂而反身實無所失與射之事有未嫻而反身實有所失者異也而其用心之平恕而無自護之私則同君子實無所失而前此之道不可移與射之實有所失而後此之弊宜自矯者異也而其一時之清明而無私意之蔽則同

是故其容體不比於禮其節不比於樂而倖中焉射者弗貴也君子知詭隨之自便而斷然不由者此物此志也其容體比於禮其節比於樂而偶不中焉射者勿惡也君子遭（處）遇之極窮而有以自得者此物此志也夫衆人反求之心不能自發於身之所行而於射則無不然者要亦迫於得失之私而為之動耳然使推此心以自克於所行即君子之道無以易也

此等文須先積精思意靜神旺卒然而得蓋有神助 張異以

君子之道　全章

中庸明進道之序而以聖人之說詩證焉蓋道不可以躐等而進也卑邇高遠之相近及觀孔子之言詩者而躍如矣且道無往而不存而淺深本末要必有自然之序焉遺所必歷之程則終無能至之理而順而致焉將有足於此而自達於彼者苟知道之深無往而不見此意也蓋君子之道未有不以高遠為歸者也而其達之未有不由於卑邇者也即以行遠登高譬之已至者無在而不為卑邇未至者無時而不有高遠後此非有限際而當前則無尺寸之可遺日循於卑邇而有可據即日據於高遠而不自知所向不至迷塗則懦者亦可艱難而必達以是知妄意於高遠者皆庸人

苟且之心若其事之難盡以惜其力而欲徑省以通焉不知其必自於此而舍是則無由通也若夫君子明於其必踐而志不紛雖跬步之不越而未嘗一日自虛其行與登之力則合計焉而已有餘操於其所不息而境漸熟雖迂迴而難通而未嘗一日不積夫高與遠之程則無心而將自至不觀孔子誦詩之言乎詩言妻子而擬諸琴瑟之諧道在妻子然也言兄弟而極其翕合之樂道在兄弟者然也宜焉樂焉不越乎室家之事而自夫子言之則順父母之道未始不基於此蓋兄弟閱於墻而婦子嘖於室父母之悽然疚懷可知也則庭闈之怡怡室而家之熙熙父母之怡然自樂可知也夫兄弟妻子之間庸人之不深戾者皆可以無乖焉父母之順則

聖賢終身於其中而以其事為難盡而其道之相通如此則凡道之自然而馴馴致者皆可悟矣彼舍卑邇而妄意於高遠者皆虛擬其名而未嘗身親其事者也使身親焉則知舍是無由通而若是亦可以自達耳已譬如坐而謀所適者恨不得一蹴而至之及行焉登焉而後知其無是也人孰無兄弟妻子父母者苟循其道而身體焉則其自然而相通者可自喻矣

细心密理其於題也有油然理順之意 王若霖

嘘吸神理精融浹洽而運以大家之思力行以古文之氣脉时文久而不廢此種文延之也 倪孔執

思知人不可以不知天

欲盡知人之道者不可不求其原也蓋道之大原出於天親賢之等殺皆於是乎在此之不知而欲知人以盡事親也可乎且凡物之理究其極皆有自然而不容强者此天之所為而非人之所設也豈獨一尊賢之義為然哉亦豈獨一親親之仁為然哉乃切於吾身者莫過於人知以事吾親苟不求其端於天則自以為得其理而失其理者固已多矣故思知人者不可以不知天也賢者之生不偶彼實無賴於我之尊而我不可不致其尊此自然之理也不知此則無以致其忱將有貌承而心不屬者矣夫事親之忱之難盡其更甚於尊賢可知也而何可以苟然也賢者之類不齊

不及焉而失其所以為尊過焉而亦失其所以為尊此自然之理也不知此則無以酌其分將有雜施而不顧其安者矣夫事親之分之難詳其更甚於尊賢可知也而何可以眊然也人雖至愚未有不知賢之當知尊者而何以實能尊賢者之寥寥也亦猶夫人雖至愚未有不知親之當事者而何以真能事親者之寥寥也此不知天而忱不盡之過也吾於知人事親之理微有所不知而不求致乎其極物稍有所盡而已覺無歉於心無惑乎力之留於初而情之竭於後也茍知夫不如此則悖於天而無以成其身而甯有是焉致其尊於賢已以為可安矣而受其尊者轉有所不安亦猶夫致其親於親已以為可安矣而受其親者轉有所不安此不知天

而分不詳之過也吾於知人事親之事一概以施而半處於有餘則相提以論而半居其不足無惑乎漫於禮而義不盡瀆於恩而仁不至也茍知夫不如此則詭於道而無咎〔以合〕於天而甯有是焉是故得其人而被以職事其常也而不臣不友又往往無所任以明其尊此明於天而知其品之不可以一視也彼視有詔以爵祿而不必屬以事權者非與此異形而同類者乎此之不可不知也得其人而樂與共事其情也而進退去留又有時任行其志而不敢强此明於天而知其節之不可以不厲也彼視有諭以理義而不敢從其私欲者非與此殊塗而同歸者乎此之不可不知也獨是親與賢之理必於知天後得之而知天之學不徒於親與賢求之蓋深

觀萬物之理皆知其所為固然而不容强者則措之於賢而有以盡夫知人之義亦措之於親而有以盡夫事親之仁矣故知天者君子體道之極功而亦求道之始事也

以實理聯貫如金在鎔惟冶者之所鑄　韓

平側妥俱不碍謹裁近雅足百川

去讒遠色賤貨而貴德

不去其害德者非知所貴者也蓋佞人用事則忠正危寵賂滋彰則君心惑故貴德者念此至熟耳且正道之與外之則朝人不利内之則人主之心為之拘而不能逞而君子又常以濶踈而不飾落寞而難親者處之雖未必遽就孤危而其日就陵替也决矣今夫人主自中材以下上未有不知德之足貴者也然或名貴之而寔不至或暫貴之而久益衰何也讒勝於外而好色與貨之情悖戰於中也夫有德者大都直已而不苟同者也安國便事之謀進則苟簡不肖之人懼矣正誼明道之説行則慆心之樂無藝之求又廢矣諒不能明比依阿以避怨嫌而便君之私計而有德者

又見微而知清濁者也羣枉之門既開不必譸張為幻而早知所處矣君志之荒既兆不必發於音聲見於容色而已識其幾矣必不能徘徊觀望以處疑地而試君之愛憎審是則貴德者可以知所務矣而往往難之者左右便佞皆上能適君之意者也優笑玩好之屬又快意當前而不能自割者也於是乎不勝係戀之私而漫為兩行之說曰是在吾之能立制防而已吾知所貴雖衆言明與而內志自定也且娛於色而不使與於政則吾私而不以害於公苟予心之不迷誰能易之而不知事固有積於微眇者欲售其讒則乘間抵隙而其入必甘也而且悦其色則必授之情溺於利則必妨於義受其逞而不知胡可恃也人主知此故於讒去之於色遠之

於貨賤之以定天下之心謂不獨非其類者斥而去之也雖君所甚暱亦不難忍而斷之則知中心之好無以加於有德而無復迭起爭勝之謀亦因以自致其心恐三者日與為緣而忽不及察也故顯絶其前使不得因緣以入而後貴德之心不至牽於他務而有遷徙見奪之勢若猶是愛讒悅色好貨而德亦處一焉而曰吾甚貴之吾未見其貴之也

通篇總發乃終與題义語氣相附其體製之類先民又百川

尺幅之內包孕古今至其作法百川詳之矣　劉月三

誠者天之道也誠之者人之道也四句

論誠之始終而知人不可離於天也葢天道本誠故人道不可不誠彼離於天者又可以為人乎哉且衆人所以多不誠者以未知夫凡事之理之本然也以未知夫吾身之理之本然也一有不誠則無以盡其當然而因以失乎此事之本然而因以失乎吾身之本然故必明於天而後知天之不可背而後知人之不可棄盖明善以誠身誠者其事責於人而其原實出於天萬物之形皆於穆之氣所成也故萬物之理皆旡妄之真所寓也人知有是事與物而即是有理不知先有是理而後有是事與物事與物無不實則理豈有不實者惟其各有是理而不相假故因物異形而無一

相肖也惟其止有是理而無所歧故殊形絕迹而無一不相肖也人能盡分而此理不為加益人盡棄其常而此理不為加損豈非天道之本然者乎即以身之所接言之在親而即有所順之理焉在友而即有所信之之理焉在君與民而即有所以事之治之之理焉是皆天之所為而非人之所設也夫凡事之不出於天者即力為布置而終不能無所能焉遺而終不能無所間焉而豈所語於誠之自然而各正哉者乃誠之原雖出於天而誠之者則在於人無一事一物非吾心之靈之所寓也無一事一物非吾性之理之所淯也理之本具於事物者雖不以人事為存亡而事物之自具是理者要不與吾身相附麗非吾有以實之理亦豈能自實者吾終

身能誠而一息不然則此時事物之理附於吾身者皆虛也吾前此不能誠而一旦能然則此時事物之理附於吾身者皆實也天之予我甚全者在我有以承之即我得之天或偏者亦在我有以補之豈非人道之當然者乎即以身所接言之雖有事親之理吾不以之事親而安在乎雖有交友之理吾不以之交友而安在乎雖有事上治民之理吾不以之事上治民而安在乎是皆人之所為而非天之所能為也夫凡事之不屬於人者猶可倖其或然謂有莫之為而為者焉有莫之致而致者焉而豈所語誠之之按實而可稽者哉自三代以下人道不立而天道受其病自上以下莫不昏焉惰焉所以修身者昧其當然而因失其本然所以治天下國家者昧其當然而

因失其本然而違道九經之屬皆虛矣此天與人所以乖離故政與道所以樸滅而眷眷大亂也

中間實疏處皆程朱秘奥起結處先儒所未及而三段白文乃知言六實只此文既增加引索以合之此真有功經傳之言也　韓

朴實是先輩本領以上文是民認反另作疏通注腳之是化直為曲精學成復之法　龔彥求

篤古而達于韓歐呂蔡見之之當目為雄耳　弟子屈

從容中道聖人也

知誠者之分而求道之心可定矣葢以道責人未有責其為聖人者以人自處亦未有妄意於聖人者而豈能從容以中道哉且道出於天而中之者人之事也乃有人焉其中道與人同而其所以中道有非人之所能為者葢天之獨厚斯以為天下後世法而因以絶其覬倖之私也彼思勉之功所以求中乎道也然而由之而中者人也不由而自無不中者天也可為者人而不可為者天則人亦期於中道耳何必問其所以中哉然而中道者未嘗無此從容而中之人也即聖人之中道亦有不出於從容者矣豈得盡然也哉而所謂誠者則從容中道之聖人也道之量甚大而吾力不

能沛然而有餘從其後以赴之而後徐滿其量則有竭蹶不逞者矣若夫誠者無事悉力以相副一任乎性與情之故然而已適與稱之焉則從容之至也世而有期人也者量無有道焉足以難之者矣道之分甚精而吾心尚覺操之而不定從其先以豫之而惟恐不適於中則有輾轉不適者矣若夫誠者不必先事以為圖直聽乎事與物之自來而行所無事焉則從容之至也世而有斯人也者量無有人焉能與之並者矣蓋惟天之道無為以遍於萬物而一無所缺故凡思焉勉焉而中者可以如其無缺而不能如其無為而不謂人之於道亦有無為而順於萬事如此者也惟天之道自然以成其變化而無迹可窺故凡思焉勉焉而中者終不能出以

自然而泯其形迹而不謂人之於道亦有自然而成其變化如此者也行無轍迹而皆得其安心與天游而皆時覺其暇大賢以下有茫然不識所由來者矣明於物則而無一不造其極動其天機而不知其所以然旁觀之人有疑為無所用其力者矣吾思人倫之內庶物之中固不可無斯人也苟有其人則道之在人者不得不推為獨絕矣而天下之大古今之遠亦未嘗無斯人也未嘗無斯人則道所常賴者知其固不屬於斯人矣苟不實盡其誠之之事以待其自然而為聖人吾恐盡天下而無一中道之聖人也

文之刻劃從容二字不與上二句及由義仁行等語義意相混此題目

此文便覺文止作當未盡愜人意 韓

博學之審問之慎思之明辨之

君子明善之功不一而足也蓋學問思辨遞用而無一之或苟而善猶有不明者乎且誠之者擇善之事先於執而亦詳於執蓋天下之理無一非其所當擇而一事之中多方以擇之而惟恐無以既其實蓋即道之所以明而其不能鹵莽而有獲也已如此矣何也凡事與物未有生而盡知者也雖生知者不廢學而況學知以下乎然道体事而無不在而苟限於方隅則以為得其善於此而善之遺於彼者固已多矣始事而狹其基則憑是而加功者亦薄歷物而少所見則相參而得聞者無多夫學固有憂其汎濫而無歸者而以求吾善則博乃所以致約而非所以溺心矣由是會

通者有以得其信而参伍者亦有以致其疑已不能知者人必知之而可無可問乎蓄所疑以為富是長其愚也内而自廹求通亦紆其徑也而問又不可以苟也必盡發乎吾心之疑使知吾所受蔽之處而後可以解吾惑必備列乎此事之變使其心入乎事之中而後可以得其真苟問者不審則聽者不詳彼先無所施其擇而吾何所藉以証吾之所擇哉而吾所學又非可以一問而盡明者也惟思之不得故有問而問之後可以不思乎然思逐物而無所窮苟不授以節制則苦其心於所不必擇而反遺其所當擇者固已多矣萬物之表而有理焉雖心知其故而何當於吾身一事之中固有則焉必過求其精而反失其常分故思雖不可淺用而輙已

者而善寓於中慎乃可以無過而亦無可以無不及矣由是心以精而愈有所不容混理以近而愈有所不得同一叩而未通者或往復以得之而可無辨乎疑人言而嫌於相難是不知此理之至公也執已見而居之不疑無以驗人心所同是也而辨又不可以苟也必使吾之所見與彼之所見兩相薄而無餘憾而後可以得其中必使理之如此與理之如彼百相參而相無遁形而後可以歸其分苟辨之不明則知之不盡而據為已擇以自安不終其身無擇而得之之日哉如是以擇善則知之明而其見於行也將易矣如是以擇善則取之精而其見於行也益難矣而可不篤乎

臨川此題文灵慧極矣於不跟上文擇善意又當可移置他所此文脈

理清真而精銳沉厚亦過之

博學之審問之慎思明之辨之篤行之

實指擇執之功而人道可恃矣蓋擇以學問思辨而執以行苟盡其功何善之不能實哉且善一而已而所以求之者非一途也乃多方以求之不過欲善之實明於心而有於身則仍以致一而已彼誠之之道在於擇善固執則其知之也固不能以不思其行之也固不能以不勉矣苟不先識其規模而泛然無所置力則雖浮慕乎善而無由與之相值也不一循於節次而雜然不顧其安則雖偶得乎善而不可據以為常也蓋執之事後於擇而擇之事莫先於學古人所留之跡皆善之予我稽考者也凡物所載之理皆善之待我索求者也然不博觀乎古人之跡則執其一節無所

參伍而善常蔽於所學之中不博求乎萬物之理則守其方隅以為大全而善常遺於所學之外至於學之博而得失同異之間其足以發此心之疑者多矣蓄所疑以待悟不如借牖於已知而善易得也乃約畧而問之則於事有未顯之情而在人有難盡之旨至於問之審而彼此証驗之際所以發此理之緼者詳矣恃人言以為的不如內返於吾心而善可信也乃散漫而思之則誤用者役其心於無益而過用者失其分而不精至於思之慎則心以屢用而其入愈深理以相叅而其間愈出矣於是乎明以辨之交通乎彼我之懷使牴牾盡出而後得人心之公是力爭於毫釐之界而疑似盡融而後可以識斯道之大中至此則真知至善之所在而可不

疑於所行矣凡物之得之也艱則其守之也宜力勞於擇而臨事不能實用則善仍與我無與耳而此理之所見者深則其體之也愈難精於擇而所行不能相副則善之在我猶淺耳惟篤於行然後能實其所知之理然後能稱其所知之量此學問思辨之成功而誠之所由立也之五者觀其大體必以馴致而隨其所見以體於身者亦不必有所待並於一時可以不悖而一事之中苟倒其序焉而無以即於安始學由茲以入而知盡行至其事終不可遺用功不得不分而交泰互發其機可以自喻以性所固有之善而多方以求之謂不能漸滿其量以進於誠吾不信也亦在為之者之弗措耳

不借不浮字字記切非强學力行有得于心未可以影响先儒而已也 張異心

惟天下至　至參矣

聖人盡性以至於命而德合於天地矣蓋天地化育乎人物而至誠以盡其性而及於人物者贊之豈非與天地合其德者哉且誠者天地之性所以生人而生物也故天地萬物之性常人於之性備之自人與物不能自達其性也而天地乃生一人焉以屬之而天地之性之不能自達者亦藉是人以通之其成位乎其中而立人之道者亦曰誠而已惟天下至誠其性之至清而無人欲之蔽者已通乎萬物事百物之原故他人所探索而難詳者見為固然而已遍其深曲焉而周察精思以既在物之理者復雖小而不苟故其察之無不盡也其性之至純而無人欲之累者肫然於人

倫日用之間故他人所勉强而難合者行所無事而已應其至分焉而小心敬慎以服有生之義者又一息不敢康故其由之無不盡也蓋至於盡其性而至誠之能事畢矣由是以及乎人此心同也此理同也以自體其性體人之性而喜怒哀樂之皆通以自治其性者治人之性而剛柔損益之有類其始於邦家而終於四海者皆誠之所充積也由是以及於物數則殊也理則一也其性之可以通於人者以人之道開之而教無不宜其性之不可以通於人者以物之道處之而理亦無憾凡鳥獸咸若而草木蕃蕪者皆誠之所忻暢也夫人與物之各有其性者天地化育之所為也而人與物之不能自盡其性者非天地化育之所能為也盡性之實事即

賛化育之實功序三辰而順五行本造化不言之意以施於民物者至誠之所以代致其功陰不伏而陽不愆藉聖人中和之德以消其沴忒者天地之所以善補其過其可以賛化育如此則人〔之道立而天地〕之道不能獨尊人之位成而天地之位不為無偶在人物則戴高履厚而配之以尊親在天地則以清以甯而自託於貞一雖曰與天地參亦何不可之與有夫能化能育者天地之性也能化能育而不能使人物各盡其性者天地之性之不能自盡者也有至誠而人物之性盡有至誠而天地之性盡而其事皆於自盡其性備之故曰誠者聖人之本也

窮根蒂而融精液字字皆有歸着其大不可及其細尤不易言岱氏

右墨色厚中增廓豈越而渾厚之氣仍同其蘊 原評

惟天下至誠為能盡其性

中庸以性之難盡而思天下之至誠焉蓋性本誠也不失其誠而性固已盡矣是以唯至誠能也且衆人之可以為聖賢以其性之實而無不全也乃天全而付之人受而虛之苟非有人焉全而歸之而無一不肖其本然亦不知天下之大古今之遠紛紛者皆缺其性而負於天也蓋自身心意知以及天地萬物之變苟有故焉皆人所能通何也以性之實有其理也自日用飲食以及經綸位育之業苟有事焉皆人所能舉何也以性之實有其理也此天下所同然也然自人心感物以動而性所本無者皆附於氣質以相擾而橫塞於中而性所固有者反受其蔽虧而無幾希之存就

其善者亦不過或得或失或間或續以稍存其性耳其能盡之者其唯天下之至誠乎天之所以陶冶而成之者既極其純粹而無偏至之氣而彼之所以恪恭而奉之者又極其詳密而無一息之踈故能察之無不盡焉蓋其誠已通乎事物之源故凡散於萬物他人所殫思畢慮而不能詳者彼則見為故然而已遍其深曲也夫人一念無私則此時之觀物必明而况至誠之性之本無所蔽者乎故能由之無不盡焉蓋其誠常積乎身心之内故凡發於身心他人所勉强艱難而不能合者彼直行所無事而已應其至分也夫人一事無欲則此事之措注必安而况至誠之性之本無所淆者乎吾性之分固有所止行乎君臣父子之間吾之所為自以為

無憾矣乃他人處此而更有善焉者則未可以為盡也而至誠則立於無可加之地者也性之所統不可終窮歷乎萬事萬物之中吾之所為固不能皆遍也乃迹雖未經而其理已舉於此則亦可以知其無不盡矣彼至誠固㒓乎不得適之數者也雖大賢以下其於性固各有所盡而剛柔仁智之所分或有餘此於而不足於彼夫合於彼而有所不盡則盡於此者故不得為盡也於彼於此而皆盡者惟其誠之本無缺耳雖反之之聖其於性亦無不能盡然逐事逐物以求復雖終無所異而初則不齊夫至於終而後無所不盡則其初固有不能遽盡者矣無始無終而皆盡者惟其誠之本無間耳夫性者人物所同而誠者天地之本盡其性而至誠之能

事畢矣

清思徐引愈入愈深剝去理題膚膜之語　王鵠閱

天地之道可一言而盡也其爲物不貳則其生物不測以誠言天地而道盡於是矣蓋道之大原出於天至誠之誠亦本於天地而天地之誠可知矣故其不測者皆可以不貳盡之也且言道至天地而人皆苦於不能盡矣不知此特自其生物不測者言之而未嘗求其所以不測也蓋人知天地之生物而不知天地亦可以爲物而天地又實有其所以爲物夫天地之所以爲物者吾惡能識之哉然弟就其一物而能貫於萬物者思之而其所以爲物者可知而亦可盡矣何則天地之道之散殊不可以變言盡也而天地之道之本體可一言而盡者也言天地之道之散殊其無盡者猶其可盡者也而言天地之道之本體其可盡者乃其

所以無盡者也何也其為物不貳故其生物不測也萬物皆待命於天地使有二道焉此亦用之彼亦用之則襍然用之而必有缺而不完之處矣一則其力厚而能舉故無為而自遍於衆庶也雖同形同類之中亦有參差不齊之數或疑天地之道之不一然惟發之太盛故氣有溢出而不可均而非其存主之道之或有異同也且即參差不齊之中其奮動而潛達者豈有二物哉天地不昧乎萬物使有二道焉時而用此時而用彼雖循之至密必有離而不屬之候矣一則其用專而不匱所以終古而無間於一息也雖天時物理之變亦有久而愆忒之時或疑天地之道之不一不知惟運於無窮故數以小變而洩其過而非其永貞之道之或有絶續也

且即此時而愆忒之中其轉運而密移者豈有二物哉健順之理分而為二而其實止一理也故凡物之生皆負陰而抱陽而達於形器者不測也元亨利貞之德遞而為四而其實止一德也故凡物之生皆本天而應時而鼓其出入者不測也蓋自有天地以來止此一道故凡在天地之中者無非是道而其盛可知矣

或根據經又或自闡名理皆前所未及指出便如泰山之不可移也 韓慕廬先

洋洋乎發 二節

觀於天人之際而道之體可識矣夫以一道彌綸經緯於天地之間而無不備矣其大不可想見哉且陰陽人事之所統者其聖人之道乎俯焉仰焉而無不寓行焉習焉而未嘗不與之俱非虛而擬其大也道無形聲迹象之可尋而寓於身者實理自陳而不容掩天高地下萬物散殊人益誘渾然於其中而不知其孰主宰是孰綱維是也洋洋乎其道之彌綸於無外者乎見象形器百物合散之形皆緣陰陽之氣以成之而理者氣之所以達不然而何以萬物化不窮也窮高極遠太空無物之處皆有陰陽之氣以實之而理者氣之所以凝不然而何以終古不毀也觀其發育萬物而

凡耳得之而爲聲目遇之而成色者皆道也觀其峻極於天而凡耳格於所不能聞目屈於所不能見皆道也豈非語大而天下莫能載者哉道非生人智力之所設而該而存者其理各正而無所遺體性保神各有儀則人皆日習於其中而不知義何以生數何以紀也優優大哉其道之充周而無間者乎稱情立文以效喜怒哀樂之用者非多方於理義也一有缺焉而人道爲之不行是理之不可混同者也因時起義以制耳目手足之宜者非纖悉於法迹也苟有違焉而此心爲之不適是理之不容疏畧者也觀於禮儀三百而知朝廟邦國閨門鄉黨皆道所成也觀於威儀三千而知視聽言動起居飲食皆道所載也豈非語小而天下莫能破者哉大

哉道乎發微而不可見充周而不可窮流於品庶遍於虛空綱紀乎人事而以言乎天地之間則備矣然發育峻極道之察於天地者也而天道無為而不可恃禮儀威儀道之公於衆人者也而衆人日用而不能知凝而行之安能無待於君子哉

簡淨精實語皆山立　張日容

致廣大而盡精微

君子去德性之蔽而求學問之詳凝道之始事也蓋非聖人則意不能無蔽而理不能皆析致之盡之烏可以已乎且吾性之曠然者不可以私意隘之而曠然中之萬理皆備者又必毫末無失而後能肖其本然也君子之尊德性而道問學也蓋以道之洋洋而統乎天地萬物者非廣大不足以承之人生而靜本自廣大也而不可恃也感物而動已日就於偏狹也而不必憂也惟在乎有以致之而已抑以道之優優而徧乎禮樂威儀者非精微不足以合之理探而愈深其精微者不易出也而不必畏也心用焉而輒格其膚末者易相蒙也而不可驟也要歸於有以盡之而已而何

以致之乎蓋第思其所以不廣不大者而力有所施矣擾攘於情識之私則氣日以昏有廹塞於吾性之中而礙之者矣偏持乎意見之私則理有所滯有蔽虧乎吾心之體而域之者矣惟防吾意之役於外者察吾意之膠於內者盡祛其廹塞蔽虧之物而真覺萬理之皆備矣使無以致之亦烏知天地萬物皆依吾性以為體而廣大如是哉而何以盡之乎蓋自察其所以不精不微者而其間可得矣心歷乎艱難煩賾遂以為窮而無所入則則有苟且而安於濶踈者矣理得其大端近似遂以為當而無所疑則有輕忽而遺其本量者矣惟已窮者復求其入已信者復致其疑盡去其苟且輕忽之心而真覺有毫末之不可乖者矣使無以盡之亦烏知三千三

百無一非人心之所藏而精微若是哉精微本由廣大而出使方寸之間
真妄錯襍而有所蔽則眊然不見一物矣而况能盡乎義理精微之極乎
故君子自恢其德性者非擴其量而以致虛乃清其源而以鑒物爿而廣
大必合精微而成使事物之理通塞相半而不盡明則私意即緣之而宅
矣不益蔽此心廣大之體乎故君子不遺於問學者非逐於物而以末相
益乃拓其內與本日親耳夫僞學之病易見也而廣已造大而不要於學
問之實者人第知其精微之未盡而不知其廣大之未致試思赤子之無
知野人之無僞者亦可以謂之廣大也哉

親切有味於此可曽痛下工夫　韓慕廬

譬如天地　覆幬

聖人之備道觀於天地而得其象焉蓋仲尼之道之無不備未易得其象也非天地之覆載其孰能準之且夫人藐焉中處而與天地相似者以其性之同而道之合也然道無所不際而學者各得其方隅即聖人亦或具其大體故人之盡道亦如天地之盡物者生民以來一人而已若仲尼之祖述憲章上律下襲者是也葢體道於身而一一實致之如物之有所持載然有所持載而不及持載者固已多矣即多所持載而所持載者又已寡矣而孰是無不持載者乎會道於心而一一虛涵之如物之有所覆幬然有所覆幬而其所覆幬者為不廣矣即廣為覆幬而其所覆幬者猶之

隘矣而孰是無不覆幬乎者其惟天地乎竊譬之仲尼之於道亦如是而已矣天地以博厚而無不載而仲尼之博厚如之近而人倫遠而庶物苟無是道則已苟有是道觀於仲尼之身而已具矣雖時位所窮亦有不能自致之道然事雖虛而理則實固已載之有餘地也天地以高明而無不覆而仲尼之高明似之大而無外小而無內苟無是道則已苟有是道求之仲尼之心而已冒之矣雖聞見所窮亦有不能纖悉之道乃物未歷而心可通要亦遍覆而不遺也昔之聖人性體非有缺也而法迹或未備仲尼則生百王之後盡古今之善美而集其成此亦如天高地下萬物散殊細與大之不遺而道與器之皆貫也昔之聖人天道無不違也而人事或未

窮仲尼則值世運之衰盡萬物之情僞而深其學此亦如陰闔陽闢品庶馮生其美者固有以流其化育而慈者亦不能外其蒸陶也故仲尼之前未有仲尼而道第覺有所歉仲尼之後即復有仲尼而道更覺其無可加何者其量已盈其事已極也人不能於天地之外別見一物又何能於仲尼身心之外別見一道哉

此擬題人只解交交摹寫耳能寔寔法法始見作家法力 龔孝求

唯天下至　臨也

天下之大任非至聖無與歸也蓋臨天下必以德而德必以生知為至故唯至聖能盡其量耳且臨天下者非徒以勢相屬也以勢相屬則中材皆可蒙業而安小賢亦得彌縫其闕若求其任之能勝而論其理之相稱自非天下至聖惡能當此而愉快者乎何則唯天下至聖天將開之以濟羣物之屯蒙故所以造其耳目心思之質者非什伯庸衆所得同而其人亦自知為天人所特賴故所以盡其耳目心思之材者非尋常意計所能測其聰則無不聞也明則無不見也常人所以役其耳目者若渾然一無所知而兼聽並觀以類萬物之情則無幽之不燭睿則無不通也知則無不知也

常人所以役其心思者獨淡然一無所攖而開物成務以極事理之變則無微之不彰此真可以首出庶物而合於知臨之宜也夫生民之初近者相聚而為羣擇其異己者而聽命焉所聚又衆擇其尤異己者而聽命焉故必聰明睿知宜出乎一鄉而後可臨一鄉之衆而平其爭必聰明睿知實出乎一國而後能臨一國之衆而安其屬而況天下之大萬物之衆而可易言臨哉臨者勢之有以相伏也質與之齊而勢居其上則處其下者將有絜長度大之心而囂然其不靖若至聖之聰明睿知則天下之大卽萬物之衆以一身俯焉而轉覺渺乎其皆小矣所謂聖人有作而萬物皆睹也臨者光之有以相徧也光不及遠而所照者多則處其下者將有情

隔勢睽之憂拂鬱而不平若至聖之聰明睿知則天下之大萬物之衆以一心運焉而可以一日而數周矣所謂被於四表而格於上下也故聰明睿知惟至聖能而足以有臨唯至聖獨焉若夫循理守度可以繼太平之治而不能創非常之原雄才大畧可以撥亂而救時而不能開天以明道雖曰有臨而其量皆有所不足者也豈可與至聖比德而量材也哉

文吐光芒辭成廉鍔文家鉅觀　座主張原評

溥博淵泉　二節

中庸推至聖之德而著其積與發之盛焉蓋時出者有所以出者也非極乎溥博淵泉之量而何以出於身而徵於民者如是其皆得耶且德之藏於中者不可窺也而其廣狹淺深不能自掩於所出而驗於人心之不言而同然者故推至聖之德而其所以川流者可見也蓋其仁義禮智之得於生知者本無所蔽虧如衆人之有待於擴充也而又未嘗不力恢其分故遍於四方者無一之或遺而一體之中復推致而無有餘量焉其溥博也如此本無所汩塞如衆人之有待於濬導也而又未嘗不益澄其源故根於性者無際之可窺而不息之體固蘊蓄而藏於不竭焉其淵泉也如

此惟其溥博也故極天下之賾無一非其所具素而隨觸而輒應惟其淵泉也故執萬物之源因時以成其變化而日新不窮其時出也豈非德之充積而不已於發見者哉夫積則其藏於中者也而積之盛則亦可以得其象發則其於已者也而發之當則並可以必諸人彼言溥博孰有如天者而至聖之溥博非天無似也言淵泉孰有如淵者乎而至聖之淵泉非淵無似也天之德徧覆而無遺故時行物生任其天機之動而物無不仰淵之德恃淵而不匱故流行坎止挼其自然之節而勢無不通而至聖之如天如淵如此故其見其言其行一皆從容以合道而民敬民信民說莫不鼓舞以盡神益德之藏於中者必有達於物之實焉於人之必有不足

者於己之理有未安也於己之理有未安者出之非其時而積之無其本也故容執敬别者至聖所時出而足以容執敬别者乃其德之溥博淵泉不然人心之不同也甚矣十室之邑不能保其無間而況於臨天下之民也哉

是求弘体製而以古文流動之氣所以為善 試庵批

簡老深邃 世一支綴語

溥博淵泉而時出之

觀至聖之所積而知其不窮於發也蓋能時出之者必其所以出之者至足也非溥博淵泉而何以爲小德之流哉且同是事物也而應之者各異焉皆所以發其中之所藏也即所發者同善矣而其大小淺深又悉肖其中之所藏而不可掩故吾於至聖之容執敬别而見其充積流行之實焉蓋容執敬别其德之川流而時出者也而其足以容執敬别則其德之溥博淵泉而所以川流者也何以知其溥博也四端雖人所同具然雜於氣質以區之而有偏於一曲者矣就其一曲以擴之而有難竟其一體者矣至聖則有生之初已渾然各正而無所偏而優游充長所以求盡其義類

者又詳密而無遺吾未見其有闕也復性雖可以有功然强學以致之而求其通則其有不能一旦而深者矣因境而操之以求其合則事固異於自然而有本者矣至聖則所得於天固湛然澄一而不可亂而疏瀹濬導以益裕其本然者無時或息所以藏於不竭也如是而其出也豈有窮哉凡人於仁義禮智偏得其一皆有制取事物之權然事物之理萬變而不可究極苟本體之未具條貫之未詳而勉强以合之有執彼以御此而歧其分者矣惟其溥博也極天下之賾而皆已夙具於中故隨時以觸之而無不應耳凡人於仁義禮智少有所窺皆不至茫然於事物之際然事物之理萬變而初無定形苟其入之者未深發之者無本則拘方而不變有執

故以圖新而窒其用者矣惟其淵泉也極天下之動而皆以深探其本故因時以裁之而得其通耳事無大小雖至微至末亦未嘗不出其本體之全以應之故觀其所出而其所出者可知矣其出之也有難易而其所出者有精粗溥博淵泉所以粹善而出於至善也道有統宗一時一事雖小賢或亦無心以中之故必觀其所未出而其所出者始可定耳所未出者無不可據而後所出者一無可疑溥博淵泉而時出之所以時中而異於偶獲也苟第知其出而不知其所以時出何異於川之流而昧其源者哉

明白洞達讀之而題乃解　馮文子

探深鑿奧而其言順比消渾若不經意而出之者輩到此境者亦鮮　韓

立天下之大本

觀大本之立惟至誠能盡其性也蓋天下之理出於性不誠則性有不盡而大本不立矣故惟至誠能之也且人受天地之中以生是天之所以立其本也乃人受而傾之而因以日隘焉至其終有一善之不能存而一物之不能辨者矣苟非有植其全體而渾然無所虧蔽者亦焉知萬物之皆備而為百善所從生乎至誠之經綸大經所以致和也而其本由於致中蓋其誠之本天者獨盛故仁義禮智之性雖與人同受而獨無疵累焉其基之所據者深矣其誠之在人者未漓而仁義禮智之德非惟不迷而益自濬治焉其力之所持者厚矣故天下之大本亦惟至誠能立之也喜怒哀

樂性之發於情而流通於天下者也循之為吉凶悔吝所由生飾之為禮樂政刑所自起而天下之觀止此矣使一有人欲之私以參之則其本已欹未有發之而不偏用之而不窒者也惟於未喜未怒未哀未樂之先使卓然精明而不可亂則任天下之感可以從横出之而不悖矣視聽言動性之達於才而運量於天下者也顯之而是非得失異其形微之而精粗廣狹異其用而天下之變統此矣使一有人欲之私以入之則其本已虛未有不浮而役於外昏而遺於内者也惟使為視為聽為言為動之理湛然純一而根於心則極天下之賾皆若左右逢之而不二矣立者固其本而勿使搖也學者制私存理亦所以固之乃始之既搖而求復其所則其

植弱矣而至誠則本未搖而益固之者也此情欲攻取所以欲撼之而無從也立者深其本而不可拔也大賢之閑存積累亦所以深之乃慮其可拔而培之使堅則其入淺矣而至誠則本不可拔而益深之者也此殊途百慮所以日發焉而不匱也以在人之性合之天地之性而無所遷移故以宇宙之數納之方寸之數而綽有餘地此皆誠之盛也

中庸以四等文為文跡如五星麗天芒寒色正使人望之而生敬　韓慕廬先生

衣錦尚絅惡其文之著也

文不貴著詠詩而得其意焉蓋錦則甚文也而不可著也故尚錦之心足貴耳且凡物之實有其美者未有囂然見美於人者也乃即實有其美而遽見其美於人亦物之病也知此者可與讀衣錦尚絅之詩蓋惟詩人深於學問之意故雖大義之外其辭之無心而偶出者思之而皆有不盡之藏惟詩人明於萬物之情故即瑣細之事其理之近人而且知者舉之而皆有精微之義夫絅一也有錦而尚之與無錦而尚之等尚也而人心變矣以此知中之不可不文也錦一也與有所尚而衣之與無所尚而衣之等衣也而人心又變矣以此知文之不可以不著也而詩人衣錦尚絅之云正

惡其文之著也飾其華罽之美以自喜亦何預於人而人多憎之夫已方以為榮而人方以為憎可愧孰甚焉即人不之憎而無識者相與聚觀而讃嘆之而我之厚自雕飾者自問夫處心積慮止以悦愚者之耳目可愧孰甚焉耀其光榮之態以接物亦何與於己而已私利之夫不以己為悦而以人為悦可賤孰甚焉使非以人為悦則雖不著而未嘗不附在吾身也而我之自為矜寵者反伺於他人之顧盼而不得以自有其性情可賤孰甚焉非曰文必晦之而可久雖經緯爛然茍日暴於外而質將漸敝也使惡其敝而不著則不敝而不妨於著矣雖無所尚而吾錦常新焉要亦自防其意氣之浮動耳非曰文以抑之而愈揚茍英華異衆則深藏不市而

物倍見珍也使惡其不見珍而不著則是已欲其見珍而著之矣雖有所尚而世終以絅相棄焉要亦自覺其含章可貞耳夫著者以為殊異而足以矜也則其中之寡有可知矣亦急於張皇而不能待也則其後之不繼可不料矣故君子惡之惡之而道術有所擇矣

穠重高貴風格在大力文心之間 韓

君子之道　德矣

歷言道之足乎已與幾之尚（當）謹者欲人之知所入也蓋君子道足乎已以能知其幾而謹之也舍是而德何入哉且君子之德當其既成雖無外之可覿而其中一一可恃焉未有不自信夫道之當然如是者也而始學者未必知也故必於人已內外之間深察其幾之不容不謹者而後有所入焉故吾詳推君子之道而知闇然者其外也而中有不亡者存日章者其實也而終無的然之象蓋為已之學之足恃也如此彼其平易近人而理不可易則歷久而惟是為可安蓋淡而不厭也任質自然而執得其要則從容而自生其經緯蓋簡而文也渾然無倫而中有所主則歷物而不至於紛

紜蓋温而理也君子之淡簡温也非匿其美而終以自炫也用心於内自不暇致飾於外而其不厭而文且理也非别有道而至是始用也其外本無不足而其中故自有餘彼致飾於外以求其有餘而不安於淡簡温者蓋深莫物外望之歸而不知此特其遠者耳祇爲聲聞之流而不知是所謂風焉耳飾於形迹之間而不知此特其顯焉者耳使求之於是而果有得焉亦君子之道所不尚而況務於外而遺其中即日亡之本在是矣而人往往甘心焉者以不知遠之由於近也在物之是非豈有無端而發於彼者乎不知風之有所自也一身之言動豈有漫出而不由於心者乎不知微之必至於顯也性情之發著豈有終匿而不形於外者乎故道所由

成者積於行而德之所從入者由於知德之終極於精微而其入也必由於切近知道之無取於外飾固已絕其馳騖之思而息心以退藏於密者或不能不妄意於精微也知此三者而後知切近之地寔有可以致力者矣德之終進於自然而其入也必由於謹惕知道之美貴於在中固已近於反觀之事而事心而未得其要者或又欲因任於自然也知此三者而後知謹惕時存仍有操之不定者矣故君子之道之內外異觀者人見為然而君子不知其然者也而人已內外之相應者則人不知而君子知之者也知謹其幾則德有由入而其足乎已者有日矣故君子惡文之著者以著之之心足以敗德而遠於道也

極微細又極廣博極刻劃又極自然譬夫天地之妙造化萬物動其植其無細與大不見痕迹自極其功刻目之

淡而不厭 三句

君子爲己之學專其美於內者也葢爲己者無慕於外者也然不厭而文理之實雖不著而亦豈可掩也哉且凡務其中之有餘者自不暇役於其外也而其外遂若有所不足矣故世於君子始見之若有易心焉及徐而察其所以然然後知其所託之甚深而未易窺乎其際也而君子未之有異也其道固如是耳凡物爲衆所忻艷者未幾而棄之如遺美先盡也屈力殫慮以務一時之甘美則其理之正心之常有不暇及驗耳若夫君子未嘗有所屬以矯於時未嘗有所私以市於物淡焉而已耳然所據甚安雖事境參差百變而卒無以易也所發無僞則歷久真意愈流而未見其

哀也而豈非談而不厭乎夫道不可以淡言也人見為淡而不知不厭者即寓於斯及見為不厭而不知猶是其淡焉者耳而君子不知其淡並不知其不厭也第見夫道之至庸而不易者如是耳凡人之盛於文貌者未幾而精華中竭數已窮也煩言縟節以觀衆人之耳目則其情之惡質之哀轉不暇自揜耳若夫君子未嘗多有所取以紛其業未嘗多有所致以飾其情以飾其情簡焉而已耳然而執得其要則身心中之自治者未嘗不和順而積為英華也動應其本則倫常内所當盡者未嘗不從容而中其儀則也而豈非簡而文者乎夫道不可以簡言也人見為簡而不知所以為文者即寓於斯及見為文而不知猶是其簡焉者耳而君子不知其

簡並不知其文也第見夫道之含章而可貞者如是耳凡人之好爲苛嚴者有時而遇物眊然神先敝也挾智任術不勝中情之浮動則夫辨是非析疑似轉不暇致力耳若夫君子未嘗逆事之機以爲察未嘗窺物之隱以爲聰温焉而已耳然事至而義呈其變化起伏之故已悠焉而喻於中心也物交而形見其曲深微顯之情已不言而知其數也而豈非温而理者乎夫道亦不可以温言也人見爲温而不知所爲理者即寓於斯及見爲理而不知猶是其温焉耳而君子不知其温並不知其理也第見夫道之自然而有别者如是耳使君子有淡簡温之道而又有不厭而文且理之道則是隱其情於始使人覿其後而愈疑暴其美於終使人服其初之

不炫是匿其錦以自矜而襲其絅以行詐也小人之黯而善著者往往如此而豈君子闇然日章之道哉

逐字發生至理可當中庸文讀向來作此多撩取近似字眼比附那得真解　韓慕廬

質懿有味故勝　雲門龔孝水

孟子見梁　全章

一天下者必為民之所歸而後可也葢未有嗜殺人而人歸之者也未有民不歸而天下可一者也而以孰能與之為慮則過矣且殺人者古聖人王之所不能免也然聖王殺人而天下歸仁焉而戰國之時天下之人牧則似重有所嗜者此天下所以洶洶而無所定也如梁襄王固非其人也而孟子嘗以此語之葢深痛夫民之無歸所而冀幸於萬有一然之事也夫嗜殺人非人情也而當世諸侯行之曰吾以定天下也吾以一天下也惟恐民之不吾與也而殺人以爭之惟恐民之别有歸也而殺人以禦之嗟乎民之望君如百穀之仰膏雨焉日以槁槁之道行之而望其興乎然

吾聞之天心剝而後復而勞民易與為仁惟其稿也忽焉故其興也勃焉天下之人牧而未有不嗜殺人者此天下可一之機也處極分之後而人懷求合之心則怙亂者正驅除之具繼大亂之後而忽有異舊之德則嗸嗸者乃新主之資今天下洶洶而未見民之有所去就者非其勢尚未極也亦非救民之權與力足以禦之也譬如水方溢乎平原東於迫隘而無受之之地也使有可就而終豈能禁其大決哉夫君之如〔於〕民也蓋之如天而容之如地果能油然沛然而行見民之浡然矣而天下定於一矣而惜乎梁王之非其人也然梁王雖非其人而斯言不可設於諸侯之耳也故既以言於王復出與其徒語而及之獨是當天下之洶洶而念其惡乎

定而計其孰能一此君人者之言也而何以謂非其人也蓋方其望之就之而已知之矣且始則卒然而終則漫然以是知其非人也

此等題不難於古妙在沉實廉勁無戰国縱横之氣 韩慕廬

皆欲赴愬於王

人得所愬而欲赴者衆矣蓋民窮於無可赴之地尤窮於無可愬之人今既得之而謂懷疾心者能宴然而已乎且甚不可解者為民情矣其痛之切身者本無所加損也而必欲一宣之口以為快而刑罰不能禁而况有人焉聞其言而實能紓其禍而一時人心之不言而同然者不可想見乎今天下之疾其君者衆矣特未有發政施仁者而無所赴愬耳父子相向而言其離散士女相向而嘆其仳離自愬焉而益增其悲耳經歷者則同其政禁逖聽者則同其風聲往愬焉而適逢其怒耳一旦有發政施仁者而朝野途市之皆可樂如此而以疾其君者望之吾見父語其子而夫謂

其妻以為今而後不至窮於無告矣耳聞其聲而不啻目見其事以為是可相向而悉吐吾情矣由是而赴王者皆欲有愬於王者也蓋人之懸而不能解也一旦有力者哀其窮而轉之善地焉則必追叙其窮急愁苦之情以為不念有今日也而以誌其非常之德焉蓋既以脱其身之危而因欲洩其心之憤也而喜懼交爭有不覺情辭之並極者矣由是而不能赴王者尤欲有所愬於王者也以為蹈水火者之求免也將不擇其人而呼救焉而況仁心為質者乎惜乎吾不得致身其人之側一通胸中之鬱塞耳然其事亦將近矣吾不能俟彼扶義而來吾將號呼以往焉而日月以冀有不覺心口之相謀者矣凡人之懷憂而欲愬也不待憂之既釋而後

大快於心也。指顧之間有可以即而愬其憂者而已躍然矣。又或他人有得所愬而釋其憂者，而益躍然矣。蓋父母孔邇，相與匍匐而告其飢勞者，恒情大抵然也。而人之困極而無聊也，使絕無可愬之人，而轉習以為安也。指顧之間有可以即而愬其困者，而不可以終日矣。又見他人有聽其愬而匡其困者，而愈不可以終日矣。蓋赤子無知，見所親愛而宣其忿懟者，其情誠可悲也。夫人皆欲愬其君，其事本非王者所樂也。乃君皆可疾而使民窮於無所愬，又仁人之所不忍出也。而疾其君者之皆欲赴愬於仁者，亦王之所不能禁也。而秦楚猶欲恃其亂政極刑以禦之，多見其不知務矣。

狀寫之工極其天趣 韓

憂民之憂者民亦憂其憂

民之與君同憂其事亦不繫於民也夫民之與君同憂有難於與君同樂者矣然憂民之憂而民豈能宴然而已哉且忘民之憂以恣其樂者其心益有所恃焉以為民即不樂吾之樂而固無害於吾之樂也乃一旦有憂而不得不轉而顧其民矣何者君有憂而不能自為憂使環顧其民而皆有二心焉吾見君之獨立於庭也而若是者非一日之故也益民之獨抱其憂而無所告也久矣發徵賦役之不時民之憂也而君曰是誠民之憂（吾之樂存焉）而安能計民之憂哉水毀木饑之洊至民之憂也而君曰是誠民之憂也而豈吾之遺以憂哉而一旦君有憂矣欲民以溝壑未盡之身試死封疆

欲民以子父離散之秋效命長上而民將曰彼之樂而無憂也甚矣而乃今亦有所憂乎吾之困於憂也亦甚矣而復責吾以憂其憂乎上於是孤獨以憂之撫心以疾之曰甚矣民之忍也而不知其非忍也獨不覩於憂民憂之世乎古之聖人動萬物而不私其利其立事程功所以日昃不遑而憂心孔疚者非為身謀也大懼民之不靖耳古之聖人制豊凶而各有其備其早乾水溢所以呼天請命而憂心如焚者非為國計也惟念民之生溢（隘）耳憂民之憂如此而民可知矣凡人之情必身處其樂而後能任人之憂使身處於憂則雖值所當憂之事而其心亦懈矣憂民之世其民固無時而不樂者也室家相保而坐視君父之憂則情不安百年無事而偶有一

日之憂則氣自倍夫是以既忘其勞而並其忘死也凡人之情必見其人常有憂而後能代為之憂使其人常無憂則雖有憂之之心而勢將自淡矣憂民之世其君又無時而不憂者也君常任民之憂而民不分君之憂則愧生於中平時遺君以憂而有事復使君獨任其憂則義激於外夫是以父勉其子而兄勉其弟也夫君之憂民雖輾轉圖議不過以一心運之而民之憂君雖効軀命捐妻子常勸行之君第以所易予民而民不惜以所難奉君以是知民情大可念也君為民憂而率作興事要亦使民自為之民為君憂而忍飢勞冒鋒鏑君必不能代之民自圖其憂而即以德君以身代君之憂而常恐有負於君是尤仁人君子所心惻者也然使欲民

之憂其憂而以憂民名之則其憂不誠而亦不能通于天下矣

其意思皆衆人胸中世〔所〕有及發之又皆衆人胸中所亡古人文章不敝于後

所恃惟此　張晏心

敢問夫子　言矣

大賢以義治心所由與異端異也蓋知言義養氣皆於義求之則心有主而不動矣告子之言無一而可者也且人之心非以義為準而體之無不純知之無不盡則不能不動而頑然不度於義者亦可以不動彼蓋自謂能持吾心也而不知其心已槁矣此告子與孟子所以異也夫苟度於義則不得於心不可不求諸氣以行其義也不得於言不可不求諸心以析其義也而告子之言不然則其心之昧於義也甚矣不知言與心固無分內外而心與氣第微有後先其用也不相離而其動也交相感彼氣之暴於蹶趨其小者也而尚足以動吾心況當大故而氣不能充遺吾心以震

摵者哉夫言者義之所載也不求則不能知也氣者義所以行也不養則不可用也人之生也本直故氣常浩然剛大而凡天地之間禮樂政教日用事物之故義之所行皆氣之所能塞也以非義害之則氣不充而道義所賴以行者餒矣而告子勿求何也以其不知義也氣生於義而彼先外義則非惟不能集以生之抑且不屑襲以取之而其不得於心者亦不自知其以失於義而然也不知義故以為無益而舍之是忘其所有事也不能集義以生氣而一旦求其心之不動是正而助之長也非徒無益而又害之之道也譬之於苗始則不耘終則揠而助之長也（是槁其心也）非徒無益而又害（豈云）之動哉（不）若夫知言之事與養氣相為表裡者也言出於己與發於人而皆

有義存焉人有詖淫邪遁之言而不能知則已有詖邪遁之言而不能知矣抑已有蔽陷離窮之心而不能動矣心昧於義則所謂集義者無可置力而至發於政興事之閒則其害義而因以暴其氣者可勝道哉故告子之離心於氣外言於心以自槁其心者皆由於不知義而孟子之所以得者即在此此學者所當聞而後世聖人所不易也

於兩家之学横竪貫徹故説來四通六辟千頭萬緒並归一線亦不刊滅之文也

王猶足用　舉安

大賢欲以善安天下待用所以切也蓋用王以為善而齊與天下可安則用不用之間豈遂能浩然哉且有以待物而無求於人苟非一德相同之君雖欲用之而不輕為用此古人處身之正也至於天下之不安已極則君子之用其君與處其身有不得不權其緩急輕重以自遂者矣予之浩然有歸志也予幾無意於王矣雖然予能忘王予能忘天下哉今齊與天下之洶洶而盡不安者以無為善者也王雖未嘗為善而以余觀之則猶足用為善也其廣心浩大雖止以求濟其欲而無憂世之心然動以功利之速亡與仁義之勃興則尚知相顧而動色也其與夫委瑣齷齪靡然無度

外之思者異矣其昏蔽既深雖偶爾自見其心亦多違於大道之要然引其偏端而發其全激其愧悔以歸於正則猶幸此中之未泯也其與夫剛毅戾狠頑然無一隙之萌者矣異夫此足用為善之心乃齊與天下生民所託命也而豈予一身之故哉王如用予而天命有歸凡此保抱攜持之民喁然於齊之有仁人而不禁怙冒謳歌之勢則取天地萬物而整齊以皆得焉固可為百世之謀即大物未改而凡此怙亂紛爭之衆肅然於齊之有令政以生其震動恪恭之心而復有禮樂政法以馴至而相繼焉亦可為數世之福蓋天下之安予向者所反覆計處而悼心自試之無時者也而於齊已有其兆焉既幸吾道之粗有所就而復遇此邦之大有可為予

焉能不顧之而心動而天下之不安又予向者所日夜切心而自解於他時之有濟者也而於齊竟遏其機焉既見蚩蚩者日即於阽危又明知嗷嗷者可即登於衽席予焉能遂恝然而無情夫予一人之意氣與齊與天下之民之安危其緩急輕重何如也安齊以安天下齊既有其勢王復有其資而用王以用齊予復有其道而獨決於王之一用焉此予浩然之歸志所以終不能不遲迴而有望也

其思愈显其理愈深其词愈没其味愈濃其體愈真其氣愈曲自有制义以来此为獨造　韩

詩云迨天一節

遠侮之道惟古人知之而已葢治國家得其道則天變可弭而人侮可禦矣周公知之故詠歌之孔子知之故嗟嘆之也且吾嘗恠夫有國家者何以每為侮之所易集也葢其所託者高而易危是下民之所瞻視遠方之所四面而内望也故苟有可侮之道斷不能僥倖於或無侮之人是有道焉惟在治之於未然而知此者鮮矣在周之初昊天降威而小腆不靖葢天方顛然陰雨時也當是時治國家者有周公而不逞之徒猶時懷侮之之意焉至於罪人既得東國慕思而陰雨則既濟矣而公曰未也獨是時則猶可道也吾前者非敢弛吾户牖而猶不虞風雨之飄揺則令者苟不

曲致其綢繆而豈可常恃天心之仁愛故下民之侮不必憂而桑土之徹不可緩也嗟乎國家太平無事其成老私憂過計以消患於無形而轉若侮予之言為不必驗其後上恬下熙凡所為外懼以（內）憂皆久在人意內而反謂陰雨之變為不及防自公之歿也不數傳而其道亦亡焉非道亡也後之人不知也迨於王室播蕩凡公所綢繆者墮壞幾盡而侮之者亦疊見矣故孔子讀詩而慨然曰為此詩者其知道乎天命之駁所時有而道在有以持之人事之變不可常而道在無以召之國家之患備之於外而或伏其內備之於內而或生之於外故侮之之人與侮之之事皆未可逆覩也然禍亂之作必因瑕釁而乘之故古之人第盡其治之所當然而不

必過為無窮之慮所謂本疆而精神折衝者道固然也國家之治有能者則一日畢張無能者則萬端並起故侮之之人與治之人又畸為衰旺者也夫政教之失常因怠忽而開之故古之人雖當其國家之釁而常若一朝大命之傾誠知防潰而一邪皆出者道固然也周公知之而以治國家故成之周盛孔子能之而不得以治國家故無救於春秋之衰然則及時明政而大國必畏百世不易之道也夫辱莫大於人侮之恥莫深於有國家而不能禦侮而國家又召侮之具也周之盛也諸侯衆盛而臂指之勢成而下民又其服政懷仁而不貳者也而公之憂危若此而况大國之憪然蓄謀於其側者哉

其含蓄處皇變俱以初漢人北宋後便無此醇實樸踪氣象 緯

子路人告　二節

觀聖賢之受言而其心可知矣蓋子路之喜已足以愧夫惡聞過者矣至於言雖善豈遂能賢於禹哉而其聞而拜也若此此可以思已且人雖聖賢而勸善規過之事不能無藉於人言發其過而不自阻則其非自匿之過可知也聞人之善而不難以自屈則其有過人之善可知也若夫怠而不能修與亢而不能下適形其為庸衆人而已今夫人之有過藏於身則以為諱暴於人則以為慙其諱且慙者必深知其可愧也宣於人之口而尚覺其難堪匿於吾之身而乃可以自得乎古之人有子路者其為人也改過不吝人也彼誠見夫冒貢而入於過者其始固自誤而其後尚可悔

也行吾意之所安而不必其可見為理之所是而不必其皆是我則不知人則不言而將昧昧以終身矣故或告之而遂躍然也夫人有甚惡之物匿於吾側而無以相祛一旦知之而可以決去之今而後喜可知已且人必我愛而後慮我之有非我不愛言而人始正言而不諱舉衆人所輾轉自護者易而為驚喜過望之情子路而外不聞有斯人也當日者學於師則問所以行見於友則謀所以處其皇皇焉求相切劘以免於過者略見矣而子路之事其小者也今夫人有善言其不知者漫然而承之其次者改容而聽之而承且聽者要不能躬為之下也知其言之善而敢不肯下其人不疑於知其言之善而不樂有是聞乎古之人有禹者其為人也求

善不倦人也彼誠見夫人言之不可忽也不待以不善相規而後竦然承命也吾所未知之善不必待人言以相開而吾所已知之善必得人言以相證受之者輕則言之者倦而將寂寂以終日也故一聞之而遂勃然也夫人有篤好之物早夜以思而無能猝致一朝相遇而且出以相投雖拜承之而猶有餘慕已且其人而能實乎其言則其人可師即其人不能實乎其言而其言亦可法其中心有不能自將者而非徒降以相從之迹自禹而外不聞有斯人也當日者至誠之贊則受於益思永之戒則受於皐陶而孜孜焉求之鞀而主善為師者可想矣而禹之事猶未為大也

清深健朴扶疏直上極似昌黎原性原毁諸篇 李厚絃先生

設為庠序 於下

詳設教之意而知民俗所由成也夫人自有倫而夏殷周之設教必如是其詳而後明焉豈易得此親於民哉今夫聖王之治民也始於治其身而終於治其心故授田制賦使寬然於俯仰之際者皆以蓄其敦龐之原至於立法以牖之則必有其地因事以示之則必有其義要以深探其本以動其心之不言而同然者三王致治之盛其遺意猶可考也何則野處而不慝者雖各抱其聰明敦樸之資而使率其儕偶以雜居於阡陌之中終無以易其耳目心思而使之奮而鄉里之有聞者始少變其喬野頑愚之習而遂升其秀異以進齒於教胄之列將益厲於禮樂教化以冀其成此庠

序校所以與學並設而不可以偏廢也當日者各取一事之義以為一代之規為養為教為射皆有考也雖無變道之實而有改制之名若夏若殷若周不相襲也至於大學為王化所開則不復偏舉一事以隘其義而三有相沿之制則不復有所改作以重其名此亦足以見立法之皆宜而用心之不苟矣夫三王為此豈徒聚天下之士以相為名而侈其設教之盛哉蓋以治道之興也必成於民之相親而民之難於親也皆由於倫之不明而明之者不在下而在上知愛知敬雖時發於固有之良而不可恃者以未明於其當然也為陳其數為修其儀而又經之政教以宗其事則閭巷之聚觀而太息者羣以為榮而久之且雍容於禮俗矣言孝言弟雖勉

强以從上之令而不足多者以未明於其所以然也躬與之齒躬與之讓而又聚其秀民以為之倡則歲月之撫心而自入者漸之甚深而不覺其潛通於性命矣民之生斯世者既俯仰寬然以自得於耕鑿之中其親睦之心固有油然而生者而上之所以率作之者復委曲詳密如此如是而有不親者豈情也哉故考古者至夏后殷周之世不慕其民風之樸而獨嘆為王三致治之盛也

本礼經以說王制古法古义既精且詳其文之色古古氣亦班然盎
溢於楮墨間

鄉田同井　一節

井田之制定教行乎其間矣蓋同井則地近而情不隔其親睦也何待於先王之教哉且凡物之情聚之則其氣日固而相親相衛之勢成散之則其氣日浮而相戕相賊之機伏故觀於鄉而知王道之易易也先王之治天下也或於同之中而見異或用異之道以為同凡事皆然而井田其尤著者矣何則同國而異其鄉同鄉而異其井所謂見異於同也然必如是而後可以用其同後世之民聚於都鄙郊邑之間者纍纍相望而野處者室閭亦不立於中田蓋無所以聚之者而其聚可一朝而散也先王慮此故散其民於鄉田之中而獨以同井聚之蓋以聚多則不能無生得失而

限以同井則事簡而情勢易以相調聚多則轉或視為汎常而限以同井則情真而甘苦不得相背且也同井之中以近相保而井之隣接者復以近而相聯教行於一井而俗成於一鄉所謂用異之道以為同而馴至於大同也故息則同居作則同遊而出入之相友也必矣夜則聲同聞晝則目同識而守望之相助也便矣祭祀同其福死喪同其恤而疾病之相扶持無待户説而家諭矣蓋耳目既暱則其情不得不公而彼我常通故其施不得不順忠信果毅之教立而出車編伍皆緩急可恃之人孝弟仁讓之俗成而講藝執經即野處不匿之士百姓親睦皆同井之法有以聚其氣而使之固也故先王之世民雖窮於天而不窮於君雖戾於性而可移

於教鰥寡孤獨不必養於上而有恃以不曠僉壬敗類不必顧於義而自懼無所容其立法之善入人之深如此故其衰也上之政教雖失而下之風俗猶存列國兵爭民有辛苦墊隘而至死不畔者居處生養之樂有以累其情父兄親戚之歡足以定其志也井田法廢而民皆輕去其鄉有事則易畔其上豈天下之小故哉

篇中云云分爲北宋大家劄子爲通尚有餘裕而知所蓄又强之多

韓

如知其非義　年

有待而行義者，君子激之使速焉。夫不義而不速已，是猶未知其非義也，而何所待哉？且上之增賦重征以困民也，民皆惆然疾其非義，而上不知也，而猶幸上之不知，盍一日知之而即可一旦而去之也。若既已知之，而又曰吾有待焉，而民望絶矣。如攘雞之事，不義之小者也，而況以賦與征攘其下者乎？如其義也，則來年亦可以不已；既非義矣，而抱其欲已之心以至來年，是匿其不義之心以至來年也。如其義也，則今茲亦可以無輕；既非義矣，則已輕者雖少收乎義之利，而未輕者仍深受乎不義之害也。夫子之既已知之而不速已焉，而猶有待者有故，或以為吾已之而衆未必知其當已其情與勢之相狃者必漸至而後可安也夫知其非義而正之以義何慮其不安且來年而可安則今茲而亦安之矣今茲而不安則來年而終不可安矣况輕之而衆以為不安至來年而皆以重為安而子反無以奪之也或以為吾已之則必求其道之可已凡政與事所當經畫者必期年而後可定也夫知其非義而後裁之以義何憂其不定且來年而可定則今茲可早定之矣今茲而不能定則來年而終不可定矣况今茲而謀定其所以輕至來年而謀定其所已則國轉以子為不堪也夫是故君子知當世之非義而矯之以義其道莫善於速而莫不善於待事柄之寄每不可常吾速更之而衆服於吾之義則異日吾身雖退而其事已

定有難於再更者矣苟待焉而其權一旦而他屬有明知其非義而嘆恨於無如何者矣正道之興邪人不利而速已之而彼屈於吾之義至於久而其事已定而其謀益衰亦將安之無異議矣苟待焉而使其議相持而不決則必有倡非義之義而百出以撓吾事者矣如知其非義斯速已矣而何待來年哉夫民困於虐政先王之法不可復者大抵昧於義而以待之心誤之也君子之去不義也如去疾之務速焉而以為可待是即不義之心之中覆伏者也而其知亦不可恃矣吾子知之則願以義自斷可也

才恬学識蔽遏不露伎倆此但見其輕清之氣耳

曲折痛快無不達之情須具此種手筆方可以破庸人之論 劉月三

天下之生　一亂

感治亂者直溯於天下之生焉蓋生民以來治亂之機若循環而皆非無故此君子所以不得已也彼外人何足以知之若曰吾今而知衆人之身其寬然而無累者有由矣彼貿然以生而不知其所以生雖其生之時亦不知其為治為亂也而況生民以來之治亂哉斯時有俯仰天人而蒿目於古今之際者無惑乎舉不知其何所為而疑且怪之也如辯非予好而要不能已於辯者予蓋藐然中處萬物之內而念人為天地之心惄然常抱生民之憂而思變亦前古所有蓋天下之生久矣惟其久而陰陽往復之氣有窮而無所復之者而隱消默息以發其機惟其久而人道推移之

交有迫以不得不應者而更伏迭起以明其报試觀天下於大亂之初極亂之後一似潰敗難收而不可復治者而卒歸於治何也或綱維已墜而泯棼昏漸不一作其震動恪恭之氣而人道將窮或禍變相尋而辛苦凋殘已足以儆其機深稔亂之辜而天心亦悔蓋相推相激於數十百年而後有此一治也而治豈自然而得也試觀天下於大治之後極治之時亦似清和咸理而可以不亂者何也（而卒歸於亂）或太平既久而上恬下嬉事皆墮壞於冥昧之中而蘖芽已伏或生物滋豐而五行百產力盡屈於生人之用而患氣方興益相爭相逐於數十百年而後有此一亂也而亂豈終無所極也振古以還遞興遞耗而此蚩蚩之民亦且與勤思參兩者同視聽食息

之於其間誠不若其優游而自得也然盡天下之生者昏然視聽食息以偷安於旦夕之間是即大亂所由生而盛治所由敗也世變之興若驟若馳彼夫冥冥之中亦似有陰為鼓舞者使乘除轉運而不自知固非可以勉强而力爭也然盡天下之生者聽其乘除轉運而不識夫生民之意則天雖厭亂而禍無可弭天雖開治而功無可藉也夫不得已者豈獨子也哉蓋自堯舜以來不忘乎天下之生者共之矣

有聲有光可歌可泣天下之至文也　汪玉曹

使劉向揚雄為之不過如是唐宋文人胸中無此源委吾見其固向稱吳皋文較荊川震川有過之無不及爾時未能然也斯文真應然焉　劉月三

深閎而肆　韓祖語

賊民興

民有興而為災害者無禮與學之效也蓋民而賊也災害莫大焉無禮無學而安能禁其不興乎哉且暴桀之民先王之世所不能無也陰陽純襍之氣所以陶冶而成之者不能盡美而要無患者有禮有學以柔其桀驁不馴之性而動其畏威寡過之心要使之不能興而已彼無禮無學之世非不畏賊民之興也特以為智術足以馭之耳而不知至愚而不可欺者民也椎魯無知者或囿其術而無二三而賊民已惆然思以其智逞以為法令足以劫之耳而不知至弱而不可勝者民也罷羸無告者或苦其生以相始終而賊民已忿然思以其力爭蓋其興也勃矣何者無禮無學則

則父子兄弟之間皆若戾然以相值第覺嗜欲之不遂而焦思無以樂其生而誣上行私者不可止矣其耳目見聞之地別有私義以相高以為時勢所當趨而舍此無以託其命而悖理傷道者迹相先矣夫民之忍於自賊者必其有所甚便也先王之世日討敗羣者而矯伏之而罷民無所藏其身則其心亦悔也今則富利之可甘也而惟賊民能攖焉刑禍之可畏也而惟賊民能脫焉無惑乎其徒之交相勸也民之敢於自賊者必其有所深恃也先王之世一有敗德焉而衆棄之終身無復與之齒則其勢亦孤矣今則如此有賊民焉而其家皆以為良子於彼有賊民焉而其邑皆以為閭人無惑乎其風之日長也世俗之人徒見夫竊攘盜寇之相鬨而以

為賊民之興如是其可惡也而君子弟觀於在國在野者以手足為不必勤以衣食為不可惡而已知其兆之萌生而不可遏矣有國家者必至至於斬木揭竿之四起而後知賊民之興如是其可懼也而君子弟觀於同居同遊者口不道忠信之言身不服子弟之職而已知其形之燎原而不可撲矣是皆無禮無學之所致也夫民之能為賊民者皆智勇辨力之出於凡民者也使幸生先王之世而導之以禮習之以學未必不可以成其材而賴其用而乃使之為災為害而以賊與不亦悖乎夫人君者縱不念民之無良獨不念喪之無日耶

窮理盡事言皆洽于實用所謂言有物　韓

惻怛言之垂涕泣而道之讀史至漢唐宋明之末造真可為痛

哭深泣長太息者也　劉月三

骨體高貴法度森嚴　韓祖昭

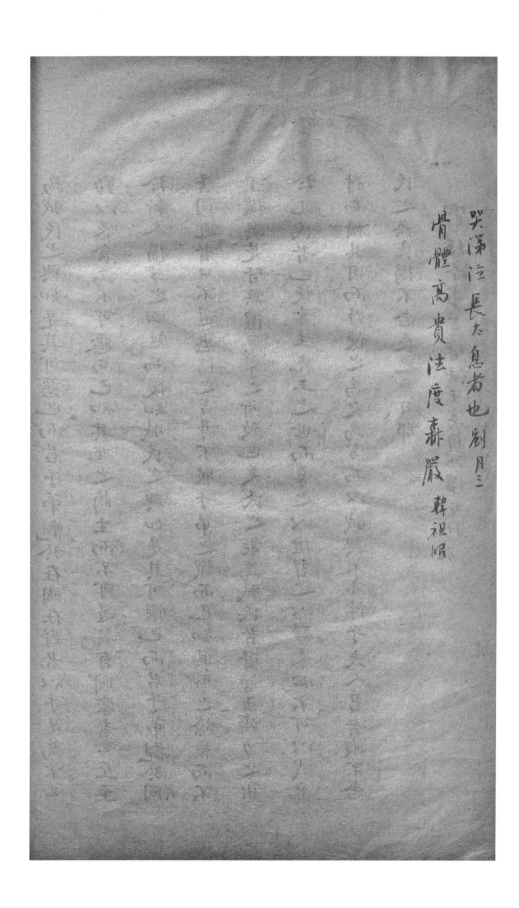

有求全之毁

觀毁之無常而為善者懼矣夫毁之於人也甚矣哉求全而不免其又何從焉今夫人有自護之失旁觀者從而曲指之此亦人情所甚恨也雖然我有失而人指之在彼雖覺無謂而在我亦不得謂無因也而遂以為不情則夫求全之毁又何以堪焉夫求全者君子之心也而好毁者小人之態也以君子而遇君子相賞之真不啻自口出也彼小人者陰險其天性而復濟之以不明彼見世之潔身而寡過者事之與己異向亦實有不慊於中者也而不禁極口以詆焉以君子而遇君子成人之美惟懼其或傷也彼小人者無忌憚其本懷而復深之以多忌彼恐人之行成而名立也

復

無非可敗之勢故爭其先而逆阻之也而曲為巧言以中焉人非甚不肖必不忍叢過以就污擇地而蹈之抑亦自完其分也而彼且以為角勝於人也夫見為自完或可以相安而見為角勝即惡能相下求全者不自覺而好毀者悁悁而視之不相毀而心目中有不能廓然者矣矜能以自喜或至於集怨而招尤有身而愛之抑亦務實之心也而彼且以為求名於世也夫見為務實則與物原無爭而見為求名即惟恐其相掩求全者本無意而好毀者切切而憂之不相毀而寤寐中有不能暢然者矣在君子不愆於禮義亦無恤乎人言特恐以中材而涉亂世之末流未必不激於物情之汶汶而自改其常度在有識者知微以闡幽自當闢流言而不信

特恐以庸衆而受小人之迷惑，未必不以賢者之獨悟而終困於羣愚。詩

有之：「取彼譖人，投畀豺虎。」篤而論之，猶未若毀之甚也。

学古而得其蕭疏易，得其容微難；得其紆折易，得其扎直難。此可謂易得其所難者矣。謝雲墅

今有同室之人二節

大賢喻古人所處之不同而處之不得不異也蓋鬥一也鬥者異則人心變矣君子雖迫於救而豈能不擇其可否哉且理有殊塗而一致情有異用而皆安者使不求其所以然之故則古聖賢參差於形迹之間而不合者終無以顯其義於天下矣禹稷顏子所為之不同如此而皆見賢於孔子蓋衷之以情酌之以理而有不得不然者焉試以鬥者言之君子非不欲盡已天下之爭而不能不阻於聞見之所窮君子雖甚憫然所見所聞之事而亦不能强伸於情勢之所傷今有同室之人鬥者而救之安得不汲汲哉非急其病而以為名也與之同室不獨情有所不能安而責亦有

所不能諉不獨吾不能忘情於彼而彼亦欲求正於我不乘其未決而平之恐更緩須臾其相搆之勢益深而卒難致力也雖被髮纓冠而救之可也若夫鄉隣有鬥者而救之如是其汲汲不亦惑哉非忍其亂而若是恝也吾欲救之必悉其事之終始而後可以理解必與其人爲久故而後可以情喻今忽以不習之人聞之雖攘臂慷慨聞者反訝其無因而至前安能曲聽也雖閉户可也葢我既爲同室之人則室之事皆於我乎任鄉隣中雖有能力排其難者亦且謂非已任而引而去之使我復坐視而不前則室人必相賊我賊之也而能安乎鬥既爲鄉隣之鬥則彼鬥者亦自有同室之人彼同室中豈遂無憂其不靖者我既身處局外而何必代爲憂

之即其人遇紛而不能理吾不能不私憂之而終不能强與之也而何多事哉是故君子不能忘其身以為天下亦有時忘天下而潔其身惟其過而已矣若夫不賢之人在位而不任其憂是同室而鄉隣自處也而士之辱在泥塗者或罵然於天下之故是亦不免於被髮纓冠之惑矣而豈曰能賢哉或曰君子不在其位而對君大夫之閒以效其情者何也有救有不救者勢也若其心則視鄉隣猶同室也遂見其争而出一言以釋之豈遂傷於君子之義哉

純是聖賢交己應物至精至邃之理而皆以比喻出之最合理体

右朱生

人少則慕父母

計慕父母之時而知人心之危也蓋子之愛其親也不可解於心而分計之惟少則然不亦甚可慨哉且謂人子而有不慕父母之時此凡人所不欲居而自信其無是者也乃求其志之不紛而核其事以不僞即令人子追思之而可信其無他者亦惟少之時焉耳何者人未有有父母而不慕亦猶夫未有見父母之不順而不憂者也然必極天下之欲無以解其憂而後謂之憂則必極天下之欲無以並其慕而後謂之慕而若是者其惟少乎非獨婉焉孌焉而天和可掇也即怨啼暌勃亦發念而必由於親非獨撫焉鞠焉而左右無違（違）也即督過教笞亦踰時而必依其所蓋凡人之

情必有與並馳而後遷徙見奪也少之時入常在側出必與俱耳目見聞舍父母無所闕故不覺贍依之切而即賴此昏然稚昧以留人子一日之天機抑凡人之情多緣於事境而因繾綣難忘也少之時寒而待衣饑而待食呼吸動靜舍父母無所恃故不覺待命之殷而正借此動必相須以延人子無多之至性且夫少之時亦非真能慕也取諸懷袵而燋然不能終日固也乃便其起居飲食則置之他所而漸忘焉其慕亦易移而非篤也即以為篤而其篤固已有限矣非其天屬而百物不能相縻固也乃習於阿保携持則較之所生而彌順焉其慕亦有為而非真也即以為真而其真固不可恃矣嗟乎人之少也幾時終身於情欲婚宦之中其號為能

子者不過少分其慕以旁及於父母焉耳盡能不失其赤子之心心則虞

舜且接迹於後世矣

讀至少之時亦非真能慕也為之心痛是謂扶經之心執聖之權 胡韶參

先兄百川謂予文刻畫而未近自然自先兄之殁不事此者

數年矣甲申九月郡試童子命此題姪道希亦試偶作此

示之顧余向時艱難勞苦之態追念先兄切劘之意為之

泫然 自記

天之生此　一節

元聖念生民之意而不忍私其道焉蓋天為道而生尹實為民而生尹也覺之之責又誰寄乎謂夫世之所以稱無道者惟民之昏然罔覺而已而民盡昏然而罔覺又其將有覺之時也顧或有其道矣而不必當其時當其時矣而不必值其遇故予乃今而知天之以斯道相屬者果非無意也蓋自堯舜以及夏先后三聖相傳而守一道而其時之民莫不循於道之所當然而識其所以然以是知天之生民欲其盡有知覺又不能使之自有知覺而常寄其事於先知先覺者以仁愛斯民也人倫日用之間狂易失守遂足以戾天地之氣而有召百殃故天下之大亂未有不起於民之無

有知覺者而淫昏暴亂之習漸民未深亦不能奪其本心之明而使盡蔽故人主之凶德未有甚於使民無所知覺者今也先聖之澤既湮而後王之昏德又厲益之民之昏然無所知覺也久矣堯舜覺民之道不能久而不墮者人事之變而無知無覺之民必有更為之先者天心之常以堯舜之道言之則予斯道之後覺者也而以天下之民言之則予天民之先覺者也予以藐焉混處之身而日以斯道自揆於堯舜之統予固意昏昏者非天心之所常安而天於民彝泯亂之餘獨以斯道付予於畎畝之中亦似憫蚩蚩者非其人甘於自棄故予向者非恝然於斯民也誠慮不能大有所振於斯民或小用以輕吾道反不若處畎畝以俟時而今者亦非私

湯之德也既信吾道之粗可自信又遇斯時之大有可為而不覺顧斯民而心動予將以斯道覺斯民也而何能執予初說也哉嗟乎使予有其道而民亦自有其知覺予尚得以自暇逸也使民有知覺而不獨予有其道予又得以相推讓也乃今也眷念斯民雖自今有覺而已惜其事之後時而顧瞻天下雖未嘗無人而常憂其道之不足反覆以思非予覺之而誰也天既以斯民之罔覺遺予憂而予終豈能自樂乎哉

元氣淋漓莫由尋其筆墨之迹 韓

友也者友其　挾也

有所挾者亦未思友之故也夫不友其德無所事友也既無德之可挾而可以他有挾乎哉且有挾而交不獨天下之至陋而亦無所用之也可挾以交之人吾即不挾而彼固知吾之有可挾也若持是以至賢人君子之前不獨交之不可以合也試思吾所交者何人所求者何事而乃以至陋者與於其間彼即不言我獨不愧於心乎彼夫以不挾為義者何也人欲挾孰能禁之使不挾者苟其挾之則地勢固為必趨之途而年齒亦有必伸之地何不可傲然而遂其所挾也人欲挾必有受其所挾者苟其挾之而施者自反而可安受者不言而相喻何不可歡然而用其所挾也而獨

不可施之友何也。蓋友也者，友其德也，而可以有挾乎哉。挾之者必自以為可貴也，而吾之所有者無一為彼之所有也，以為可貴，則吾自保之而已足矣，無所資於其人也。乃叩其廬而請謁焉，則已別有所貴而自知吾所有者之不足貴矣。貴者在彼，而乃取吾所自知其不貴者而炫焉，而謂其人貴之乎。挾之者必意其人之求之也，而吾所有者無一為彼之所求也。使其有求，則吾可絕之，勿與通矣，吾復何求於彼也。若重其人而願交焉，則彼實無求，而彼所有者吾實不能無求矣。有求於人而乃持其人之所不絕求者而要焉，而謂其人求之乎。且夫挾亦未可少也，勢利聲援之地，茍無所挾，其意大都索漠而不親。獨是既已相從於寂寞之道，而復以

世俗之淺意求之則君子羞其待已之已薄耳且夫德亦非敢以自恃也
崇高富貴之人苟不為友君子不難屈身以相下第謂既已索我於形骸
之外而不以古人之風義居之則此（意）義當亦友我者所深賤耳將以友為
實而有所挾則分好德之心而無所益即所為求友之意已非將以友為
名而有所挾則傷長者之意而交不終反不若無友之聲不惡若夫此有
所挾彼有所求而上下相蒙以苟為名則其中豈復（有）事友哉古之人與其
不可復見也矣

清昌令達居於自勝　謝久調

白羽之白　曰然

大賢設為齊白之論而時人猶未知其不然也蓋性之不可以生概猶白者之不可以白概也比而同之亦逆知告子之以為然乎嘗觀異端之言性也病在混同而觀物亦然所深惡者吾儒之别異也故君子之假物以闢之也亦姑隱其内之異而示以外之同使遂其前說以為不可破而立必窮之地焉孟子以生之謂性喻白之謂白而告子然也之是即其平時外義而不求諸心之效也夫盡乎白之說不獨白之質異即白之色亦異亦猶夫盡乎性之說不獨所以為性者異即所以為生者亦異而告子既以混同者言性而因以混同者言白則有未易辨其所以然者故就其詞

而詰之曰白羽之白猶白雪之白白雪之白猶白玉之白歟蓋人之兩相持而不相服也吾之義有欲達而直以致之則彼將未暇以詳而不能曲暢吾旨故必即其所易明者以析其端物之白同而白之物不同是故事之尤易明者也使於此而爽然而吾固可以無言也即急不能通而吾所未言之義已先入乎彼人之胸中而發之如揭矣其人蔽有所中而直以攻之則彼將遁於他端而不難巧以自覆故必就其所已昧者以堅其信猶於白之名而不深其求白之實是又告子之所已昧者也使中道而更之而彼已自知其屈也即始終負固而彼之曲護其初者皆若自暴棄其所蔽而卒不得移矣而告子果以為然也蓋難發於卒故不能深究其中

之委折而一時相抵之意持之反堅辨未嘗更端故不能自道其前之失而無可如何之辭不顧其後斯時之告子口雖云然而其心亦揺揺乎未敢信其然矣蓋告子之病在勿求於心而孟子則多方曲喻而必欲其求於心牛犬人性之辨所以一出而遂無以解者蓋求諸心而有所不得也

妙言適情依覽此意暢 吴来岐

今之人修　天爵

欲得人爵者其情之變可睹也蓋以要人爵則修之時已棄其天爵矣特既得而其情益著矣且凡物之情未有於其所迫欲棄之事而汲汲以為之者也而亦有之蓋有所欲得於彼而於不得不為之於此以為有求者不可以無所挾耳若而人也蓋不待其得之時而知其棄之惟恐不速矣若今之人於天爵是也夫今人知有人爵耳而其於天爵則未嘗不修也蓋先王尚德敬賢之風雖泯而流聲餘思之所被亦尚知儒術之為高即一時從人橫人之術方張而巖處奇士之所歸亦借其虛聲以相市此仁義忠信亦有時為公卿大夫之階而從而要之者相望也夫仁義忠信之

可樂非今人所知也以人欲横決之身而强閑於義理亦不勝其自苦而又欣然其有幸心焉以為吾不歷夫修之之苦無以與夫得之之甘也姑束身於其中以俟他日之獲吾所欲而快然自恣以適己蓋驟而即之居然一仁義忠信人也仁義忠信之可樂而不倦蓋非今人所知也守違心拂志之事而相待於久長亦不勝其相厭而猶勉之無有怠色焉以為得之之期一旦未至則修之之事一日難已也姑抑心以自强安知吾願不旦暮可副而决然捨去而無傷蓋雖久而視之仍然一仁義忠信人也而人爵既得矣而所修者一切不然矣不獨求其任人爵之來而不與如古人之風而不可得也即欲其如向之假道於仁託宿於義矯作修飾於忠

信而亦不可得也蓋其棄之也決矣以匹夫而語仁義蓋以仁義為鑿枘也今既有公卿大夫以自鎮雖出入於小節而何傷哉且所號為快意之事者苟合之為仁為義為忠為信之說皆與背馳而無一可為者也夫吾向之於仁義忠信亦寄耳本非失吾故行而何為是戀戀歟富貴而不恣睢是以富貴為桎梏也使常用仁義忠信以自撓雖與之以天下而何樂哉且所貴乎高明之地者正以不仁不義不忠不信之事惟所欲為而一無所忌也夫仁義忠信之為吾係累也亦久矣今乃無所顧慮而復為是擾擾歟是皆其修之時自計已審者也故曰修之時已棄之也嗟乎變古易俗莫知所底求存故往亡則去之要人爵而猶必於天爵之修君子謂

其事已古矣

用意深奇造言俊拔兼取法韓莊二子 韓

所以動心忍性增益其所不能

推天所以成人之心而處困者可知所務矣夫動心忍性而益其能天降大任之意昭然可知而可不務知承之予且心性之地不能無蔽與累而足為萬物所恃賴吾不信也即無蔽與累矣而才不足以應天下之無窮猶之未也然心性之自然而合道與才之不待磨礱激發而後成者聖賢或有之而豈望之豪傑以下哉故天於所降大任之人多方以危之如此方其獨行踽踽旁觀者已逆料其無成而視天夢夢即身當者亦自疑其終棄而不知天之命至是而益定天之心至是而益明蓋所以動其心也四端雖人所同具而當其順適雖偶有所發而其端亦微至於蹈天踏地

凡人世不仁不義無禮無智之毒偹嘗於身而心之動也切矣動之久則根益深而後日之行一不義殺一不辜得天下而不為者已定於此矣亦所以忍其性也人欲本與生俱來苟無所創懲雖力以祛之而其緣難絶至於釁厚憂深覺此身耳目口體欣羨嗜好之物本皆可無而性之忍也安矣忍之久則欲盡淨而後日之不邇聲色不殖貨利居成功而罔利者舉積諸此矣又所以增益其所不能也凡人之禦物者氣而氣不能無所暴者常也惟處困久則百折而其守益固然後可以鎮非常之變而不撓凡人之造事者智而智不能無所遺者常也惟更變多則復困而其應不窮然後可以盡萬物之理而不過故世有謂德可強勵以成而才不可強

揠以出之者非篤論也獨是人之阨於遇者亦多矣而不必皆有大任之降何也庸人處此則損其志縱其情苟且偷惰以敗其材而其氣已靡靡日趨於盡矣故天心不可不善以承之也或謂舜說諸人信可謂德全而能具者矣夷吾以下亦未必其心性之若何也乃觀其所以抑至之私重民之命皆同時君臣所未能也見而異國之賢要亦無有及之者君子觀之以為此亦自動忍來者也

包孕閎深益人神智　方崇如

為機變之巧者無用恥焉

大賢以有恥望人而窮於機變者焉蓋戰國之世士之心恥盡矣其原出於機變之偽成也故孟子深痛之謂夫有耻者人之所難而蕩然無復恥心之存則雖愚夫小人而吾不敢必其陷溺如是也而如是者則當世之所謂聰明秀傑者也何則凡此皆機變之巧者耳彼不求其心之安也而第求其身之利故反覆無常使物窮其情而不得不求其理之得也而第求其事之濟故譸張為幻使人受其逞而不知自君子觀之是皆不肖之行愧遺父母妻子之醜者也乃彼第見其身之利也而睢盱以自喜人且代為不安而彼之心獨安第見其事之濟也而驕矜以自功初猶以為事

之當然而後且以為理之固然如此人者而尚何所用恥哉機變雖出於人謀而所得於天有淺深焉今以樸拙之人而强學為奸欺則對人亦或厭然而自沮至於巧而所性固殊矣生而知之安而行之彼固以是為性命之不可拂也而或語以羞惡之正彼誠不解其何所用也機變雖出於天資而所成於人亦有淺深焉今以欺慝之人而初畔於禮義其心嘗覺躊躕而不安至於巧而積久愈久諳矣行之而著習矣而察之彼且以是為日用之不可離也雖或偶發其羞惡之端而亦終自斷以無所用也苟莫[算]有所遺而機或為人所敗彼猶自愧其術之未工至於心計之精數用之而得志方自負以過人之材而何恥乎雖天之所棄而巧適足以自戕

彼終身信其謀之無過至於禍亂之構人無故而逢殃彼且自快其能制人之命而何恥乎是惟陰陽之運既駁故發此陰賊之氣於物性而四端若有所忘教化之流既衰故遺此功利之禍於人心而禮義終不能束嗟予吾何不幸而見如此人者之接迹於世哉

窮在物之理察人心之常如菽粟可以療飢針石可以止疾 李翔拜

有為者譬 棄井也

大賢恐有為者之自棄而為之按其實焉蓋掘之九軔而有為者必以此自恃矣而孰知問其泉則與棄井同實也且學之未少有得而止者雖於人為可譏而在己猶無悔也若夫畢力於前而隳功於後則返之慨然自任之心初有無以自解者焉吾嘗怪夫今之學者矣觀其初之不甘自棄是何有為者之多也乃究其終而無一及者是何有為者之少也此無他夷以近則忻然從之難以深則怠而止焉不知斯道之奥嘗蘊於人所罕至之區而深造之功必徵於豁然將通之候凡生平所為一決於斯而不可以以假也易而世之學者或畏其難而苟以自安或矜能而遂以自足

往往未達一間而終無以與乎道之分是猶掘井者泉之不得雖九軔不為功也而乃欲自嘉其勤以附於及泉者曰吾雖不及泉而所入之深較之及泉者而不甚相懸也自多其力以傲夫棄井者曰吾雖不及泉而積功之久較之棄井者而不啻倍蓰也而及泉者將深憫之九軔以前之備歷艱難而厲志焉九軔以後之隔在微渺而惜力焉志與事適相背其空試於掘何也而棄井者亦竊笑之吾曠曠然保吾力而遊以嬉彼懵懵然用力多而成功少勞與逸雖不同其於不得泉均也夫難熟者學之候也易隱者道之體也亦既掘之九軔茍無怠而止其及泉也一間耳今而棄焉則源將日湮而久之復窮於無所入矣從其後而追之而謂斯時之力

尚足以入源幾可以得也則私恨者有窮期耳蓋君子之於學也常寬於其始而嚴於其終寬之所以引其機嚴之所以策其後也論其始則一掘亦及泉之基而論其終則九軔有棄井之實其義一耳獨是用功深者其望道也切果能掘井而至九軔則必有欲罷而不能者矣乃入之愈深則地愈近而其進愈難語有之行百里者半於九十非以棄井怵之即有為者何以奮哉

陋題委宛澈宕生姿 美思云

是猶或紾　云爾

大賢於遂人之過者特發其說之不近於人情焉夫紾兄者何足深責而而謂以徐徐毋乃止亂而亂滋長乎且言義理者未有可蔑狥乎人情者也漫為相參之說以為無拂乎夫人之情而亦微示以義理之正而大無道之事由是而成矣如王欲短喪而子以期為猶愈是紾兄而謂以徐徐之說也夫事之不可卒然而為之者雖徐徐為之而亦不為未減也事之可以徐徐而為之者雖卒然為之而亦未為已甚也紾兄之臂何事乎而子謂之姑徐徐云爾乎天屬之恩之附於中心者雖凶人不能盡絕也其或觸於事境之違而有勃谿相搆之勢彼其心方為怵惕而不寧而有人

焉代為斟酌而示之準則其心漸安矣是子陽以徐〻過其勢而實陰以徐〻定其心也天地之經之守為通義者雖悖者不敢驟決也其或不忍悁悁之忿而有猖狂無忌之行其心方惘然於人言之可畏而有人焉附於正義而謬其旨則益無忌矣以為於一時而事後思之將有立起自責（徐〻既可以謝人之多言而紛〻終可以自快其初志也使子無）（徐〻之說則若人雖逞志）涕泣呼天而終篤於天顯者矣即不然而旁觀者相視而不平邀聽者指引以為戒而人道尚未至終絕也自子有徐徐之說即其人感子之言而歛手以退至於忿定悟開欲窮反理而無復攘臂之爭矛而究之徐〻之義已深矛人之心而徐〻之言已不沒於天下之耳而大義不遂以終夷也哉責其過急是明示以緩之無傷而諷以少需夫且將以遂為不害汰

哉吾子專以紾兄許人亦為不善教矣

徐子

微至之思振古理齋百川二公之外從由于天理人情體會親切耳

韓

公孫丑曰一章

道無不可及惟待能者之從而已夫以藝事爲教者皆有成法而況君子之道乎能從則能及何憂於高美哉且君子亦甚慮夫學者之畏吾道而卒不聞易其所立之方者何也誠以道有定體可以望天下之能者不可以望天下之不能者不能者之不可使爲能猶拙者之不可使爲巧也而安能强以從吾道哉異哉公孫丑嘆道之高美而以登天爲喻也夫曰高美則似迫欲從者而曰登天則又似絶意於從者絶意於從則不獨高者不可及即不高者亦無由及也不獨美者不可及即不美者亦無由及也惟日孳孳者而豈有是言哉其蔽在妄意於君子之可使幾及也夫即如

丑言亦丑自不能及耳非所以概天下之能及者也謂君子以其可及者恵天下之能者而以其不可及者困天下之不能者君子固無是心而欲君子以其不可及者進天下之能者而姑以可及者就天下之不能者則君子實無是術蓋君子之有道也如大匠之有繩墨焉其能者惟日孳孳而拙者不能從而終不為之改且廢也如羿之有彀率焉其能者惟日孳孳而拙者不能從而終不為之變也且夫繩墨彀率之外其不可以言傳者亦不能禁能者之自喻繩墨彀率之中其可以迹求者亦不能强拙者之自尋則君子之教益可悟矣或原其始而不要其終或舉乎此而不及乎彼如射者之引而不發而所未發者已躍然於所引之中而不容秘也

使盡發其技則能者轉無以自呈其巧而拙者且以為高美而不可幾及矣此非君子之重有所靳也道寓於中而君子亦立於中苟日孳孳焉則皆可從苟能從焉則皆可及也亦其人自有擔負之力而非君子能翼之使前其不能及者雖君子懷悲憫之心而亦無道以開之使入使不知道之立於中而以高美謝焉且欲君子毀其道之高美而入於卑近偏雜以便其私不獨君子不能猶亦工師射者所羞稱也

超然獨立萬物之外　座主張原評

曰何以是　原也

專於媚世者聽其言而知其心矣夫狂狷方以世為不善而務矯之而鄉原求媚焉何怪其心之不相服哉且鄉原與狂狷其皆始於世之衰乎古之時風教隆而好惡正士生其間順時而不違於道正已而無戾於人也惟所生之世不善而狂者乃以志乎古惟世所謂善者不善而狷者不敢與之偕而不謂鄉原即用此為譏議也嗟乎使狂者生於古而何為是嘐嘐也並世之人材駕於已者且什伯矣仰而企之而惟覺其行之不逮也矢而出之而惟覺其言之多慚也而狂者無所容其狂矣生斯世也而安得不曰古之人古之人哉使狷者生於古而何為是踽踽涼涼也鄉曲之

常人接吾前者皆自好矣人之行如是而我不必與之異也我之行如是而人亦自不以為異也而狷者無所庸其狷矣生斯世也而安得不為是踽踽為是涼涼哉而鄉原則曰生斯世也而何以嘐嘐也天既使為今之人而偏欲自為古人何不生於古乎且有合乎古能使古人以為善哉古人即以為善而如斯世之不善何哉而鄉原則曰生斯世也而何為是踽踽涼涼也既已為斯世之人而偏為若不滿於斯世之人何不與古人居乎且不善斯世抑知斯世亦不以為善哉斯世不以善而又何以善哉夫人亦視其所生之世何世耳使我生於古吾亦願古人善我矣乃我既生於今則今之人以為善焉斯可矣此鄉原之見也夫為行而使一世之人不

善亦非君子所尚也立心而第欲人之善之似亦無惡於天下也雖然亦視其所生之斯世何世耳生古之世則世之所善必其志之過人者也必其行之甚潔也者而今人之所善者其志必背高而趨下其勢必毀方而為圓凡庸固陋則以為篤謹之士依阿苟且則以為中庸之材生斯世也而何以得其善哉生斯世也為斯世也而善焉必閹然媚於世者也是鄉原也夫鄉原之言曰生斯世也為斯世也則其心固已知斯世之不善與所謂善者之非善矣乃必求其善而多方以媚焉且欲人之毀其道以從於媚而曰何為然也何為然也是以君子惡之

机杼相觸轉換不窮蓄取國策之神而變其形貌者也　徐治翁

右經翔獲不可從以炅鳥相隻到月三

超脱亦明自深自南第筆意